诗
想
者

HIPOEM

Wo De
Dongwu
Gushi

我的动物故事

梁思奇 著

GUANGXI NORMAL UNIVERSITY PRESS
广西师范大学出版社
·桂林·

图书在版编目（CIP）数据

我的动物故事 / 梁思奇著 . —桂林：广西师范大学
出版社，2020.6

ISBN 978-7-5598-2786-9

Ⅰ．①我… Ⅱ．①梁… Ⅲ．①随笔－作品集－中国－
当代 Ⅳ．①I267.1

中国版本图书馆 CIP 数据核字（2020）第 058627 号

广西师范大学出版社出版发行

（广西桂林市五里店路 9 号　邮政编码：541004）

网址：http://www.bbtpress.com

出版人：黄轩庄

全国新华书店经销

广西广大印务有限责任公司印刷

（桂林市临桂区秧塘工业园西城大道北侧广西师范大学出版社

集团有限公司创意产业园内　邮政编码：541199）

开本：889 mm × 1 194 mm　1/32

印张：7.75　字数：180 千

2020 年 6 月第 1 版　　2020 年 6 月第 1 次印刷

定价：58.00 元

目 录
Contents

车流中的
小鼠

　　我的家在桂东南一个叫"六雷"的村子。虽然我是个喜欢刨根问底的人，但并不知道这个名字从何而来。桂东南属于典型的亚热带，物产丰饶，树木繁茂，林深草密，各种虫鱼鸟兽特别多。它们成为我对小时候生活最深的记忆。

　　对动物的兴趣，应该是人类与生俱来的一种秉性。虽然"人是全部社会关系的总和"，但人生活在大自然中，鹰击长空，鱼翔浅底，万类霜天竞自由，人类只是其中一员。许许多多的动物，形状迥异，寿夭有数，它们呼吸，鸣叫，交配，奔跑跳跃，有着各自的习性和谋生技能，猪往前拱，鸡往后扒，鸟会飞，鱼会游，猴子会上树，它们和人类都是地球这个蓝色星球上的命运共同体。

在漫长的进化过程中，许多物种灭绝了，有些甚至就发生在我们眼皮底下，我们现在常常感慨小时候见到的很多动物少了，没了。还有许多在"适者生存"的自然法则下，转型、演变、升级，仍旧带着始祖的基因，带给主宰万物的人类无数的谜团。孩提时代对于世界的好奇，首先就是对动物——蝌蚪、蜘蛛、蟑螂、蟋蟀、青蛙、毛毛虫——的好奇，起码我觉得自己小时候是这样。

与动物接触留下的一幕幕儿时生活场景，变成我最浓的乡愁。以至于每次到了与桂东南地理、气候相似的福建、江西、湖南、广东等地，看到同样的花草树木、虫鱼鸟兽，我都有一种特别的"反认他乡作故乡"的亲切感。特别是每次乘坐动车穿行在山川田野，路边的树林、田野里的庄稼和蔬菜、远处逶迤的山脉、近处映照着蓝天的水塘，都令我不由得猜想其中是不是栖息着我熟悉的动物。记得大学一年级时暑假回家，在南宁到湛江的火车上，遇到一个老家在甘肃的学生，这是他第一次到南方。我俩一见如故，聊得热火朝天，我问了他一个"荒唐"的问题：你小时候钓过"蛤蚜"吗？因为钓蛤蚜几乎伴随了我的整个童年。

那是一种长不大的青蛙，但我不知道普通话怎么称呼，无论怎样也无法跟他说明白那到底是什么东西。他告诉我，在他的北方老家，根本看不到这么多的绿色和这么多水。他对于车窗外郊野大片的青翠和山岭满目的葱茏，还有随处可见的河流、水沟、池塘，那种溢于言表的惊讶，让我知道了南方和北方的生态环境是如此的迥异。大块茫茫，岁月悠悠，人如蟪蛄蚍蜉一般，又是多么渺小而短暂。

每个人的童年就是他大脑皮层记忆的底色。在我眼里，火车穿越原野时田头戴着斗笠放牛的老农，其实就是村里的"三伯爷";山道上挑着像山一样的柴草蹀躞而行的妇女,就是我的"六婶";而秧苗在微风中像舞蹈一样摆动,水田田埂旁,应该也有黄鳝留下的洞眼;村落脏兮兮的池塘里戏水的小孩,则让我看到自己小时候摸鱼捉虾的身影。

工业化、城镇化像一列轰隆隆前进的动车,把人们载往物质富裕、生活舒适的现代化;它同时像风一样从广袤的田野刮过,将人们像螺丝钉一样拔起。不,应该说把人像萝卜、土豆一样,从土地中拔离。人们常说"萝卜拔快了不洗泥",因为拔得太快,我们身上还沾着很多泥土,其中巴得最紧的,就是对于童年农村生活的种种记忆。这种感喟和惆怅,正如我的朋友杨克在他的诗《在东莞遇见一小块稻田》中所描述的:

厂房的脚趾缝

矮脚稻

拼命抱住最后一些土

它的根锚

疲惫地张着

愤怒的手　想从泥水里

抠出鸟声和虫叫

从一片亮汪汪的阳光里

我看见禾叶

耸起的背脊

一株株稻穗在拔节

谷粒灌浆　在夏风中微微笑着

跟我交谈

顿时我从喧嚣浮躁的汪洋大海里

拧干自己

像一件白衬衣

昨天我怎么也没想到

在东莞

我竟然遇见一小块稻田

青黄的稻穗

一直晃在

欣喜和悲痛的瞬间

　　我一直觉得，在工业化、城镇化进程中，起码有
两三代人像悬在空中的蜘蛛，"身在曹营心在汉"，总
是"生活在别处"。人们向往城市，喜欢城市里的一切，
毕竟"城市让生活更美好"。但不管是考上大学后留城，
还是当农民工进城，生活在城市的这些人，仍旧习惯用
农民的思维看待、评判、处理城市的一切。我看到不只
一处的豪华别墅旁，漂亮的花圃变成了种植豆角、茄
子、辣椒的菜地；我还看到，许多小区户与户之间的绿
篱被扒掉，画地为牢筑起高出人头的围墙。我还曾在一
所大学校园教学楼中间的空地，看到一个改头换面、颜
色鲜艳的土地庙，传统与现代、科学与迷信如此突兀，
却又似乎一点也不违和地和平共处。在工业化、城镇化
急风暴雨的"现象"后面，农耕文明仍在支配着我们的
思想。

扯远了！回到动物上吧。我一直想写一本关于动物的书。我数了一下，我见到过的动物并不少，为难的是有些叫不出名字，有些只知道老家方言的叫法，有音无字，虽然情景历历，却不能写出来。我不是要写动物的种类和习性，毕竟我没有任何动物学的系统知识，不知道动物的分类，不了解它们的生活规律，知其然而不知其所以然。我与动物们的接触，只是童年生活的"邂逅"。

这本书里的大部分篇章，曾经在我的公众号上推出，获得出乎我意料的热烈反响，网友纷纷转发、评论，在留言中补充自己的记忆。这种共鸣让我感动，同时更令我感慨，有一种湖海嘤鸣的感觉。关于我小时候所接触的这些精灵的回忆，实际上是许多人的共同记忆。读者的喜欢和关注，流露出来的正是被忙碌的城市生活掩埋的浓烈乡愁。

其实对于我自己来说，写这些小动物，就是缘于内心对"失去的田园"的痛切感受。我们说"人与自然相和谐"，实际上却与大自然愈行愈远。在城市的"石屎森林"[1]里，我们听不到天籁之音，看不到杂花生树，感受不到冬寒暑热。城市里绝大部分的小朋友，极少有机会看到真正的野生动物，除了到动物园去。而动物园中的动物，它们早已失去本性，没有了动物自由的野性和身处大自然才会表现的那种本能。

但古人不是这样的。生活在"慢条斯理"的农耕社会的古人，敏感于随着季节流转的物候变化，他们像自然之子，细致入微地感受花开花落，因为动物的行踪习性而触景生情。在文人墨客留下的诗词歌赋中，直接与动物有关的不胜枚举。我粗粗查了一下，中国最早的诗歌总集《诗经》中，描写到的动物超过30种，像鸟类的雎鸠、黄鸟、喜鹊、八哥、燕子、野鸡、鸿雁、乌鸦、鹌鹑等，兽类的大象、老虎、獐、狐、老鼠，家畜中的马、羊、兔、狗、猪，还有蝗虫、蟋蟀、黄蜂、蜘蛛、蝈蝈等各种昆虫。生活奔

---

1 "石屎森林"：高楼大厦。"石屎"，混凝土。

波，爱情甜蜜，乡思萦怀，宦途遭际，豪强劫掠……诗人"写物以附意"，"触物以起情"，"感时花溅泪，恨别鸟惊心"，自然界的各种动物，成为情感的"触发器"、灵感的"启动器"，人类在自身生活境遇中，对动物的生存状态产生"同病相怜"的代入感，留下了大量让人吟诵起来百感交集的动人篇章。

置身靠天吃饭的农耕社会，大自然在人们心目中充满神秘和灵性。他们并没有现在所谓的"人类中心"意识，相反秉持着朴素的"众生平等"观念，以至于对微不足道的蝼蚁虫豸也赋予丰富的情感。白居易写过《禽虫十二章》，梅尧臣有《禽言四首》《聚蚊》，苏轼有《五禽言》《雍秀才画草虫八物》流传于世。最有意思的是黄庭坚，他的长篇讽喻诗《演雅》，涉及的动物达42种，每个人都可以与某种动物"对号入座"，你是作茧自缠的桑蚕，还是风光勾引的蝴蝶？是枉过一生的蚂蚁，还是赴烛甘死的飞蛾？

在古人笔下，人与动物的亲密无间，留下一幕幕诗意盎然的生动场景。"儿童急走追黄蝶，飞入菜花无处寻"，"穿花蛱蝶深深见，点水蜻蜓款款飞"的春景，是许多人的童年记忆；"狗吠深巷中，鸡鸣桑树颠"的农家乐事，让多少人渴望"何时忘却营营"。陆游夜里听到布谷啼叫，蟋蟀鸣唤，这位一辈子以书生自况、以苍生为念的诗人，想到的是"州符县帖无已时，劝耕促织知何益"；刘禹锡在乌衣巷口看到"旧时王谢堂前燕，飞入寻常百姓家"，心里翻腾起世事倥偬、沧海桑田的无限感慨；而出塞慰问边关将士的王维，目击"归雁入胡天"，"大漠孤烟直，长河落日圆"的河山壮丽，心中激荡着卫国护边的家国情怀。鹧鸪"行不得也哥哥"的啼叫，使郑谷油然想到旅途的游子和闺中盼归的新妇；蝉噪声声，置身狱中的骆宾王为自己"无人信高洁，谁为表予心"的处境而悲愤；而浑身雪白的沙鸥，则让壮志未酬，"人言头上发，总向愁中白"的辛弃疾推己及鸟，"拍手笑沙鸥，一身都是愁"。

在中国人的观念中，许多动物被赋予了特定的文化寓意，一些动物直接变成了某种情感的符号，鸳莺、蝴蝶表示爱情，喜鹊、蜘蛛是喜事临门；雁叫猿啼表达的是悲秋之情；鹧鸪声声传递出羁旅之思；燕子衔泥流露的是思家之情；杜鹃啼血表达的是赤胆丹心；蝙蝠是福气，猫头鹰和老鸦则是不吉之兆。动物成为人性的"通灵宝玉"，折射出传统农耕文明"天人合一"的伦理观。

什么是自然？自然是一种诗意。陆游"细雨骑驴入剑门"时，问自己："此身合是诗人未？"如果他是坐在汽车里，以时速120公里的速度呼啸而过，断然不会有这样的诗意。有人说中国是"诗歌王国"，唐诗宋词达到了后来者永远无法企及的高峰，而它正缘于漫长而正在揖手作别的农耕文明。在人与大自然越来越疏离的今天，每个人内心滋长的乡愁，并不是对受制于自然的落后生活的怀恋，而是失去与大地相连的精神家园的感伤。

工业革命的伟力，刺激了人们战天斗地的雄心壮志，一度树立了战胜自然、征服自然的观念，但"道法自然"，自然同时是一种规律，谁违背了它就会受到惩罚。雾霾、赤潮、台风、火灾、地震、泥石流……人类从自然灾害中意识到了自己的狂妄与冒失，对自然有了新的认识，提出了要尊重自然、保护自然，与自然相和谐。人类正从农业文明、游牧文明过渡到工业文明、信息文明，正向着"人类命运共同体"的生态文明过渡。

这本书里的文章，除了写到鸟、鱼、狗、牛等人们熟知的禽畜，还写到了老鼠、苍蝇、蚊子……在人们的观念中，它们都是如假包换的害虫。对它们的讲述，并不是我善恶不分，是非不明。我觉得从某种意义上说，它们的存在恰恰是人类得以存在的前提。生态多样性是大自然的根本特征。罗素说，参差多态乃幸福之源。一个生态多样的环境，才是人类生存的福地。也许这些害虫的灭绝，就是人类灭绝的前奏。对于大自然中的每一种生物，我们都不应该有道德至上的价值判断，而应树立众生平等，互相依存的生物链意识。我希望我笔下的这些小时候的玩伴，能使人们在回味和缅怀童年时光的同时，增进对自然的认识。毕竟尊重和保护自然，首先要了解和热爱自然。

说一个小故事：有一天中午，我开车在北海市上海路与西南大道平交路口等待红灯。太阳非常猛烈，不知道从哪里蹦出一只小小的老鼠，慌不择路，拼命跳跃着奔过马路。它一下子攫住我的视线，都说"老鼠过街，人人喊打"，我心里却莫名地为它担心起来。它奔跑的样子简直就是连滚带爬，爪子像疯狂的鼓点敲打着地面，红灯的读秒一下一下跳动，每个方向的车子都排成长龙。我在心里祈祷：快点，跑快点！红灯的读秒跳慢一些！我希望这只小老鼠能逃出生天，不要成为滚滚车轮下的肉酱。虽然我知道它长大后一定像它的父辈那样无恶不作，会咬坏树木，会在建筑物中打洞，还会咬断电线酿成火灾，但那一刻，我觉得它应该活下去。因为那一瞬间，我脑子里想起离家出走的流浪儿童，想起自嘲为"码农"的电脑程序员，想起拖着装满作业本和课外读物的沉重皮箱上学的小学生，想起面对不同压力的每一个孤独无助的人。

正是：

大块茫茫万物欢，
乡思共寓地球村。
此身合是诗人末？
车流细鼠夺生门。

Ade[1],
我的虫豸们!

我想给虫子写篇文章,虫子们心有灵犀地"钻进"了我的脑袋,彩色的瓢虫、橘黄色的桂虫和笋剋虫[2]、绿油油的青油虫、打着灯笼飘来飘去的萤火虫、黑色的饭碗虫、放"毒气弹"的臭屁虫⋯⋯还有一些虽然认得,却记不起名字来,它们绕着我嗡嗡嘤嘤,仿佛我是它们中的一员。

小时候一般把那些硬壳、会飞的小动物叫作"虫"。祖母在自留山开垦有几处坡地,种植各种作

----
1 Ade:德语,再见。
2 笋剋虫:笋虫。

物。也许是土质瘦瘠，加上干旱，种什么东西都特别招虫。红薯木薯还好，种荷兰豆和豆角的时候，豆架简直成为虫子们的乐园，光顾得最多的就是瓢虫。

荷兰豆和豆角虽然长相平常，但开的花很好看。这两种花都很小，羞答答又想吸引人们的眼睛。其实每种花内心都有招蜂惹蝶的愿望，连狗尾巴花也不例外。荷兰豆据说是因为从荷兰引进而得名。许多作物、水果从名字就知道哪里来的，像番薯、洋芋、西红柿、阳桃、西番莲、西瓜等，一听就知道是从域外之地到中国落户的。

荷兰豆的花绛紫色，有点像小时候经常涂的紫药水，但比紫药水要浅得多。不过要是连片开起来，大概也会有现在公园里薰衣草那般的风景。豆角花"本质"上属于白色，但有一点点淡红，像小姑娘抹了胭脂，怕出门被笑话又揩去留下的残痕。

瓢虫们似乎都有爱美之心，但一点也不像蝴蝶和蜜蜂那样招摇和"明火执仗"。它们从不知什么地方飞来，发现了这小片藏在松树和蕨车草中间的菜地。背壳上长着黑色斑点的瓢虫，趴在豆角碧绿的叶子上，像一枚枚彩色的小纽扣，即使用手指快戳到它也很少会飞走，只是不情不愿，在花叶间往旁边稍为挪开一下。我摘豆角时喜欢用嘴巴朝它们嘘气，然后看着它们受惊后张开翅膀冉冉飞起来。

但祖母对瓢虫充满"仇恨"，看到瓢虫不是屈起手指弹掉，就是直接用手指捻死它们，并恨恨地诅咒它们把豆花都咬落了。她把荷兰豆或豆角收成不好归咎到瓢虫身上。直到很久以后，我才知道祖母冤枉了它们：将豆花咬落的不是瓢虫，而是一种叫"蚜虫"的害虫，而瓢虫最喜欢吃的就是蚜虫。瓢虫们不仅没有做坏事，还是荷兰豆和豆角的卫士。

与漂亮的瓢虫相比，我更熟悉桂虫和笋剥虫，它们都是难得的美食，特别是桂虫，个头很小，"油水"很足，放到炭火里煨时会吱吱冒油。要是有人煨桂虫或笋剥虫，那种香气你不仅能用鼻子闻到，还能用耳朵听到，它就像进村收牙膏皮、鸭毛和头发的货郎摇的拨浪鼓一样，把我们吸引过去。煨桂虫或笋剥虫不能一个人独享，要大家一起"会餐"才有味道，虽然不能大快朵颐，但就算只分到一点点，也好像吃到了龙肉一样。

村里人喜欢在屋头屋边种桂树或竹子，种桂树取的是"富贵（桂）人家"的寓意，种竹倒不是因为苏东坡说的"宁可食无肉，不可居无竹"，村里人没有那么清高傲气，而是因为竹子实用，单竹可以编织各种竹器，大头典竹虽然不能编东西，但因为笋长得大，可以砍来换钱，家里的米筒也是大头典竹做的。还有一种簕竹，浑身长刺，似乎是无用之物，但做成扁担挑担像一根弹簧，又有型又省力；簕竹还可以做绿篱，在屋子周遭种上一排簕竹，连"偷鸡虎"[1]也钻不进来。

---

1 "偷鸡虎"：豹猫，也称山狸，因常进村偷鸡，故得此名。

对于我来说，种桂树、种竹最大的好处是能捉到桂虫和笋剀虫。桂虫靠吃桂树的叶子为生，笋剀虫则专门吃竹笋。据说竹笋长得很快，一天之内能长一拃长，我曾经用一根尺子贴着大头典竹的竹笋，从早上一直盯到中午，想看看是不是真的有这回事。后来知道王阳明也曾经这样做，不过他是为了"格物致知"。我没有验证出竹笋是否真的长那么快，却发现凡是枯萎的竹笋里头几乎都有笋剀虫。

桂虫和笋剀虫是名副其实的害虫，却像电影里的女特务一样长得十分漂亮，这一点跟人相似，有的坏人也长得相貌堂堂，所以人真的不能貌相。特别是笋剀虫，简直就是虫子里的"白马王子"：橘黄色的硬壳，翅膀有彩色的竖纹，黄黑相间的腿，前头有像镰刀一样的细钩，能牢牢地把东西抓住。笋剀虫脑袋上有一杆能转动的"枪"，跟大象的鼻子一样，它就用这杆枪刺入竹笋吸食汁液。

捉笋剀虫并不难，只要在竹林里找到有虫眼的竹笋，一准能找到它。如果听到"嗡嗡"的声音，那一定是笋剥虫在飞翔，我们像侠客一样听声辨位，判断它的去向。所有长有硬壳的虫子，都不能像蜻蜓或蝉那样轻巧地想飞就飞，把软翅从硬壳里伸出来或收回去都煞费工夫。每次捉到桂虫或笋剥虫，里头的翅膀都来不及收回去，像交叉的燕尾露在硬壳外。你只要盯着笋剥虫的落脚处，跑过来就能将它轻而易举地捉住，把它变成香喷喷的零食。当然，把这么漂亮的虫子煨来吃，心里老大不忍，大概"焚琴煮鹤"就是这样吧。

有一些虫子好玩，但不能吃，比如青油虫。我念小学时，学校后山种了许多油桐树，油桐树的树杈像塔层一样，我们会在课间爬到树上捉青油虫。指头大小的青油虫，颜色青绿，隐身在桐油树碧绿的叶子上，却躲不过我们的"火眼金睛"。我们捉到青油虫，用线拴在其腿上，把它抛起来，让它绕着圈飞，发出嗡嗡的声音，比放风筝还好玩。

我还和别的一些虫子打过交道。记得有一种虫子嘴巴坚硬得像指甲刀一样，我们叫它"指甲虫"，把一根草梗伸到它嘴里，咔嚓一下就能咬断；再塞一根，咔嚓一下又咬断；要是你还要试，它就咔嚓咔嚓咔嚓地全部咬断。试着伸几根头发进去，天！居然连头发也能"一口两断"。不过"指甲虫"并不多见，好不容易捉到一只，我们就让它像街头艺人一样表演咬草梗，连上课钟声也充耳不闻。

　　还有一种黑虫子，同样叫不出名字，样子有点像美国的 F-117 隐身战机，尖脑袋，身子两边有棱，脑袋与身体几乎可以折成90度。它有一个"独门秘籍"：翻筋斗。把它翻过身，四脚，不，应该是六脚朝天。它仰着硬邦邦的肚皮装死，突然间啪的一下，像武术里的鲤鱼打挺，平地弹起，一下子就翻过身来。

　　动物分类，荦荦大端不外虫鱼鸟兽四大类。唐代的欧阳询编撰的《艺文类聚》，汇集了包括蝉、蝶、蚊、蝇、蛾、蚁、蝗、蜂、蟋蟀、尺蠖、螳螂等昆虫的诗赋。李时珍《本草纲目》记录的药物，与虫类有关的达70多种，他笔下的屎壳郎（蜣螂）比我的还要绘声绘色："深目高鼻，状如羌胡，背负黑甲，状如武士，故有蜣螂、将军之称"。古人对一些昆虫的观察和认知并不亚于今人。南宋时的《尔雅翼》说"蜜蜂螫人，芒入人肉，不可复出，蜂亦寻死"，跟我小时候亲身体会的蜜蜂螫人一模一样。

我小时候把昆虫当作玩物的种种游戏，其来有自，"很久很久以前"，昆虫就装点着人们的生活。汉晋时代，蝉就被饲养用作娱乐。宋代陶毂的《清异录》记载有唐代长安赛蝉的风俗，就像我念小学时一样，大家把捉到的蝉放在一起比赛声音大小，只不过古人玩得更"高大上"，专门有一个名字叫"仙虫社"[1]。金龟子在七八百年前，也被用来做装饰品和玩具，在宋代周密的《癸辛杂识》中，有"甲能飞，其

---

1 宋代陶毂《清异录·青林乐》有句："唐世京城游手，夏月采蝉货之，唱曰：'只卖青林乐'，妇妾小儿争买，以笼悬窗户间。亦有验其声长短为胜负者，谓之仙虫社。"

色如金，绝类小龟，小儿多取以为戏"的记载。而一种"出岭南宾澄诸州"，我对不上号的"吉丁虫"，也同样被用于装饰，"人取带之，令人喜好相爱"。

前些年到绍兴，去了一趟鲁迅笔下的"百草园"，坐在一块光滑的石头上，想象鲁迅小时候在园子里与那些虫子玩耍的情形："油蛉在这里低唱，蟋蟀们在这里弹琴。翻开断砖来，有时会遇见蜈蚣；还有斑蝥，倘若用手指按住它的脊梁，便会啪的一声，从后窍喷出一阵烟雾。"百草园周围短短的泥墙根，带给小时候的鲁迅无穷的趣味。其实每个人何尝没有一个自己的百草园？只是年齿渐长，烦心事稠，每个人都不能回到那里去了，从而发出"Ade，我的蟋蟀们！Ade，我的覆盆子们和木莲们！"的感慨。

Ade，我的虫豸们！

"你在看
蜘蛛织网吗？"

　　我读小学时，要是谁上课心不在焉，老师就会挖苦他："你在看蜘蛛织网吗？"大家就嘻嘻呵呵哄笑，把那个开小差的人羞愧得像裤裆爆了线。其实看蜘蛛织网是一件很有意思的事，"曲肱晴檐低，结网看蜘蛛"，就连黄庭坚当年也抱着胳膊看蜘蛛织网。

　　我是仔细看过蜘蛛织网的。我家老屋的天井角有很多蜘蛛网，在太阳底下闪闪发亮，每次大雨过后，又挂上晶莹的水珠，但不管怎么日晒雨淋，那些蜘蛛网都"黐"心不改，黏性十足。我们把篾条弯成圆圈，插在长竹竿上，将蜘蛛网缠在圈上，然后举着这个"捕虫神器"，像张飞挺着丈八蛇矛，到处寻找蜻蜓、知了的踪影。

每次把蜘蛛网缠掉，蜘蛛就会忙碌地投入恢复重建工作，与我们进行着"织网—毁坏—再织网—再毁坏"的斗争。"蜘蛛结网，于树之枝，顽童无赖，缠走其丝，蜘蛛勿惰，一再营之，人要不勉，不如蜘蛛。"所以，老师不仅不应该批评我们看蜘蛛织网，还应号召我们向蜘蛛学习。

蜘蛛织网的时候显得胸有成竹，似乎事先就有了那张网的"蓝图"，按部就班地施工：它先牵几根经线作为主干，然后一根一根牵纬线，两条线搭到一起时，还用后脚将屁股屙出的丝按一下，就像打了个结，最后织出一个漂亮对称的几何图案。人们常说蜂巢漂亮，其实蜘蛛织的网一点也不比它逊色，当然这是那些"优秀"蜘蛛的作品，也有一些蜘蛛干活毫无责任心，马马虎虎，网织得杂乱无章。人和人差距大，蜘蛛和蜘蛛差距也不小。

"雨罢蜘蛛却出檐，网丝小减再新添"（宋·杨万里），每次刮风下雨后，蜘蛛也会出来补网，它们爬来爬去，不时荡着秋千。一场夜雨过后，往往是收获最多的时候，这时候的蜘蛛充满期待，它的心情一定很愉快。它趴在织好的网中间，如老僧打坐，表面一动不动，心里跃跃欲试，一旦有猎物撞到网上，马上沿着蛛丝飞快地爬过去。但它并不贸然出手，先是小心翼翼地伸出前腿，试探着碰触猎物，对方一动弹，它就赶紧把腿缩回来。几个回合之后才拿定主意，开始绕着猎物慢条斯理地转圈，用吐出的丝把猎物像捆粽子一样缠住。

老屋天井檐下那些像簸箕大的蛛网，经常粘着各种虫子的"遗骸"：被吃掉的苍蝇、蚊子、蜻蜓、知了的翅膀，还有不知道是什么昆虫的脑袋。

蜘蛛长相奇特，样子像昆虫，又不像蜻蜓、蝗虫那样长着翅膀，也不像昆虫一般有六条腿，反而像螃蟹是八条腿，但又不会横着走路。"上帝关了一扇门，给它开了一个窗"，造物主赋予没有翅膀、不能横行霸道的蜘蛛织网的本领，使那些能飞会跳的"飞将军"成为它的美餐。我有一次上山时甚至发现有个蜘蛛网粘着好多鸟毛。它像个赤裸裸的凶杀现场，一看就知道曾经发生过什么惨案。鸟本来是蜘蛛的天敌，居然成了这只蜘蛛的腹中物，让我十分惊讶。"龙游浅水遭虾戏"，估计那只倒霉的呆鸟当时跟被董超、薛霸绑在野猪林的林冲差不多，要多憋屈有多憋屈，到死也不会瞑目。

　　蜘蛛与蜈蚣、癞蛤蟆、蝎子和蛇并称"五毒"，民间传说蜘蛛毒在它的尿，眼睛被蜘蛛尿喷到会瞎掉，喷在脸上则会留下大疤。有一段时间，我放学后钓蛤蟆，出门时喜欢用钓竿在天井的蛛网上点一点，将趴窝的大蜘蛛引诱出来。蜘蛛爬到抖动的地方一无所获，惘然四顾，它一定觉得自己活见鬼了。有一次祖母看到我的恶作剧，恫吓我："小心蜘蛛濑尿！"想到蜘蛛若真的撒一泡尿下来淋到脸上，得不偿失，我再也不敢惹这高高在上的家伙了。

但我总也改不了顽性。记得屋子里经常能看到一种长腿蜘蛛，差不多有小孩的巴掌大，额头有一根白线，又威武又漂亮，像夜游神一样经常爬在墙壁上。我用筷子夹住它，把它搬到厨房的碗柜里。它是捕食蟑螂的高手，橱柜里要是有一只长腿蜘蛛，等于宣告蟑螂的末日来临，比养猫捉老鼠还有效。

　　我见过各式各样的蜘蛛。有一种蜘蛛结的网像一枚白色硬币，是一种止血神药，要是手指割破了，从墙角找到这种蜘蛛网敷在伤口，比创可贴还有效。还有一种花蜘蛛，生活在野外，它们很有"文化"，结在路边草丛的蛛网，织出白色的拼音字母，不知道算是它们的门牌还是标语，抑或是向人们讲述蜘蛛的世界，泄露自然界的天机。

　　不过论起本事，这种会拼字母的蜘蛛远不如一种灰色小蜘蛛。它只有筷子头大小。我把它叫"蝇虎"，顾名思义，就是吃苍蝇的老虎。我小时候经常做的事就是看蝇虎捕苍蝇，过程比一部大片还精彩：它在墙上爬来爬去，就像老虎在森林里巡游，发现苍蝇之后，它不会直接扑上去，而是停下来，像在盘算什么，然后掉头绕到苍蝇的侧面，一步一步慢慢挪近，不动声色地停在离苍蝇不远的地方。我似乎懂得了三十六计中的"声东击西"。

这时候你千万不能眨眼睛，否则会错过最精彩的一幕，不过就算你把眼睛睁得像牛眼一样大，也看不清是怎么回事：那只小蜘蛛突然跳起来，一下子就把苍蝇死死捺住。战斗结束，蜘蛛叼着跟自己个头一样、甚至比自己个头还要大的苍蝇，那副威风凛凛的样子，让人想起庄子笔下那个解牛的庖丁，"提刀而立，为之四顾，为之踌躇满志"，让你忍不住要为它鼓掌。

如果看到一只蝇虎在墙上，附近没有苍蝇，我会玩心陡起，慢慢地用竹签把它赶到靠近苍蝇的地方，但它经常误会我的好意，掉转头如临大敌，我只好停下来，慢慢地等它消除敌意。蜘蛛就是蜘蛛，根本分不清谁是好人坏人。

　　并不是我一个人对蜘蛛这么感兴趣。不少诗人都写过关于蜘蛛的诗。国人喜欢讲意头，蜘蛛又叫"喜子"，本来的寓意是喜事临门。"拂面蜘蛛占喜事，入帘蝴蝶报家人"（宋·欧阳修），但深堂老宅，蛛网四结却给人荒凉岑寂之感。若干年前我回老家看到，昔日的青砖老屋衰颓破败，我原来住的阁楼已夷为平地，几棵番桃树在杂草和瓜藤中"鹤立鸡群"，在贴着"龙瑞庄"几个红字的门楼旁倒是有一张蛛网，但活脱脱就是"蝼蚁阶前藏窟穴，蜘蛛檐外挂虚空"（元·方回）的写照，令我油然想起小时候用竹竿缠蜘蛛网的情形，心里一下子像被抽空了一样。

"深仇大恨"
说蜈蚣

　　我家有三个人被蜈蚣咬过，而且是三代人，祖母、父亲和我堂哥，与蜈蚣称得上有"世仇"。这说明两个问题：一是这种毒虫过去数量很多，而且与人接触很密切；二是被它咬了是一件很严重的事，令人印象深刻，远不是像被蚊子叮了那么简单。

　　我老家管蜈蚣叫"百足蛆"。一般条状的软体动物都叫"蛆"，像家里养的蚕蛆，粪坑里的屎蛆，还有松毛蛆、辣椒蛆、黄蜂蛆（蛹）……叫"蛆"的动物，一般不会主动攻击人，能主动攻击人的，像蚂蟥，虽然是软体动物，但并不叫"蛆"。蜈蚣是节肢动物，叫"蛆"是个例外。

蜈蚣会主动咬人。父亲是小时候放牛捉蟋蟀时被咬的，他把手伸进一个石头洞，以为会捉到一只大蟋蟀，谁知洞里等着他的是一条大蜈蚣，一口咬在他的中指上，手指很快就肿起来，十指连心，他痛得哇哇哭着跑回家。父亲记得当时祖母捏着他的手，用铜钱拼命想把毒刮出来，祖父对他的顽劣十分恼火，责骂道："怎么不要你的命！"

祖母自己也被蜈蚣咬过，她说痛得一直睡不得觉，等到早上听到鸡啼才好一点。我估计这可能是一种心理暗示，因为公鸡是蜈蚣的天敌，据说蜈蚣遇到公鸡，会像穿山甲遇到人——呵呵，人是穿山甲的天敌吗？——吓得缩成一团。我见过蜈蚣与鸡相遇的情形，完全是一场"不对称战争"，能飞会跳的鸡对蜈蚣实施"降维攻击"，每啄一下叼起来像货郎摇拨浪鼓，蜈蚣毫无还击之力。所以《西游记》里孙悟空与妖精斗法，妖精变成一条百足蛆，老孙摇身变成大公鸡，不用再打已经笃定赢了。《西游记》里还有蜈蚣精被老孙请来的昴日星官收服的故事。

蜈蚣被公鸡欺负，结下的冤仇至死不解。据说农村做白切鸡，没吃完的鸡肉放到厨房里，蜈蚣为报前世之仇，晚上会爬到鸡肉上撒尿。因为相信"一物降一物"，被蜈蚣咬了，民间有一个秘方就是将公鸡的口水抹在伤口上。当然，公鸡口水不是那么容易弄到的，要把公鸡倒吊起来，直吊到它的口水吧嗒吧嗒滴下来。城楼失火，殃及池鱼，现在变成"蜈蚣咬人，殃及公鸡"，要是公鸡知道它蒙受这种酷刑的原因，不知道会不会气得"吐血而亡"。

蜈蚣的厉害，堂哥被咬那回我亲眼见识了。我没有见到他被咬，只见到他抱着脚大哭，疼得满头大汗，一群人围在屋子里，七嘴八舌出主意。有人把火柴头刮下来，撒在被咬的地方，划一根火柴点着，随着噗地腾起一团烟，堂哥一声惨叫。随后有人拿来鸡油，敷在火柴头烧灼过的地方。我记不清烧火柴头的时候，有没有先将鱼腥草捣烂敷在上面，只记得堂哥惨绝人寰的喊声，脸上泪水纵横，为了忍住痛，他还把一块毛巾咬在嘴里。

蜈蚣的颜色有红有黑有黄，咬人最厉害是那种红边黄脚蜈蚣。这种蜈蚣看上去很美丽，但咬人最痛，甚至会痛得人晕过去。看上去很美的东西往往都很要命，这是大自然的规律，有时候追求美就是找死。动植物界都差不多，毒蛇的一个特征就是有美丽的花纹，像美丽的金环蛇、银环蛇，被它们咬着会丧命；四五月又出太阳又下雨的日子，阳光雨露，万物生长，山上野菌丛生，但千万不要碰那些鲜艳的牛屎菌之类，相反松灰菌朴实无华，毫不起眼，却又香又甜，堪称菌中珍品。

以我小时候顽劣的程度，没有被蜈蚣咬实属侥幸。我曾经很好奇蜈蚣到底有多少只脚，有一次在芭蕉树下的瓦堆翻出一条手指头粗的蜈蚣，我用瓦片压住它要弄清这个问题，它一直挣扎着，我数了差不多一百遍也没有数清，最后气得用石头把它砸死做"尸检"，终于弄清楚除了带毒钩的两只颌足，蜈蚣每边有21条腿。蜈蚣虽然有这么多腿，但似乎于事无补，走路并不稳当，也许物极必反吧。我有一次亲眼见到一条蜈蚣从房梁掉下来，差点没落在脖子里。民间的说法是蜈蚣不能过人头顶，否则人气会将它"冲"下来。林则徐就有过这样的遭遇，他第一次到江西做考官，到考场检查，屋梁上有一条蜈蚣掉下来，落在他耳朵上，他的耳朵被咬得红肿起来，下属赶紧捉来一只大公鸡，从鸡冠上刺出血，涂在耳朵上。

蜈蚣除了公鸡，其实还有一种天敌，很少人能想到，那就是人畜无害的青蛙（包括与青蛙同一家族的蟾蜍），据说蜈蚣的毒素对青蛙无用。好玩的是，青蛙不怕蜈蚣，但青蛙的天敌蛇却对蜈蚣怕得要死。蜈蚣、蛇和青蛙的关系就像"剪刀石头布"。金木土水火，自然界万物相生相克，糯米治木虱，一物降一物，建议以后小孩做游戏把"剪刀石头布"改成"蜈蚣青蛙蛇"得了，好让大家记住这些平时少见的动物。

残忍的
泥鳅

　　我不会唱歌，却特别喜欢台湾校园歌曲，它听起来就让人上瘾。虽然叫作校园歌曲，但似乎更像儿歌或者民谣，比如那首《捉泥鳅》。它流行的时候，我早已过了捉泥鳅的年龄，但一哼起这歌，就感觉自己正在捉泥鳅：

　　　　池塘里水满了

　　　　雨也停了

　　　　田边的稀泥里到处是泥鳅

　　　　天天我等着你

　　　　等着你捉泥鳅

大哥哥好不好

　　咱们去捉泥鳅

　　我猜作者侯德健也捉过泥鳅，台湾的农田里应该有不少泥鳅。我曾经到过台南，在一个农业展览馆见到一架风车，还有一对打谷的谷桶，它们像时光机器一样，带我穿越回到了小时候的桂东南农村老家。那些农具跟我熟悉的毫无两样，在那个人流络绎的博物馆里，我甚至闻到了农历六月空气中飘浮着的那种泥土伴着稻香的甜腻腻的味道。

　　割禾时节也是捉泥鳅的时候。如歌里所唱，泥鳅都躲在稀泥里，特别是在"涩篷"里。涩篷就是沼泽，因为上头往往长着草，像一个草篷，人踩上去，感觉自己成了石油工人，"石油工人一声吼，地球也要抖三抖"。小时候没有儿童乐园，涩篷就是我们的蹦蹦床。我们在上面晃悠，做工的大人看到了就会吓唬我们："一会沉下去你们就知死了！"

沉下去的确很可怕，湴篷是一个快乐的陷阱，插秧耘田常常有人陷下去，成为笑谈。要是突然陷下去，这时候千万不能乱动，等着"救驾"就好，让其他人把扁担或者一根木棍伸过来，紧紧抓住拉起身。要是胡乱挣扎，就像落在粘蝇纸上的苍蝇，只有死路一条，烂泥会陷住腿，陷住腰，陷到胸口、脖子，等到陷没脑袋时，人就变成一个"传说"了——好在这样的事极少会发生。

　　割禾的时候水田大多是干的，但有些田中间有湴篷，泥鳅就躲在底下。大人干活的时候，我们在湴篷旁边舀水捉鱼。有些湴篷很"阴险"，就在稻田中间，丝毫也看不出"暗藏杀机"。记得有一次我正在一个湴篷旁舀着水，人一下子陷了下去，泥浆没到了大腿。正慌乱中，却发现泥巴里有泥鳅"神龙见首不见尾"，兴奋得忘了危险。泥鳅越捉越多，我一边舀到竹笠里，一边像捡到宝一样大呼小叫。

　　耘田时也能捉到泥鳅。这时候的田野是最美的。

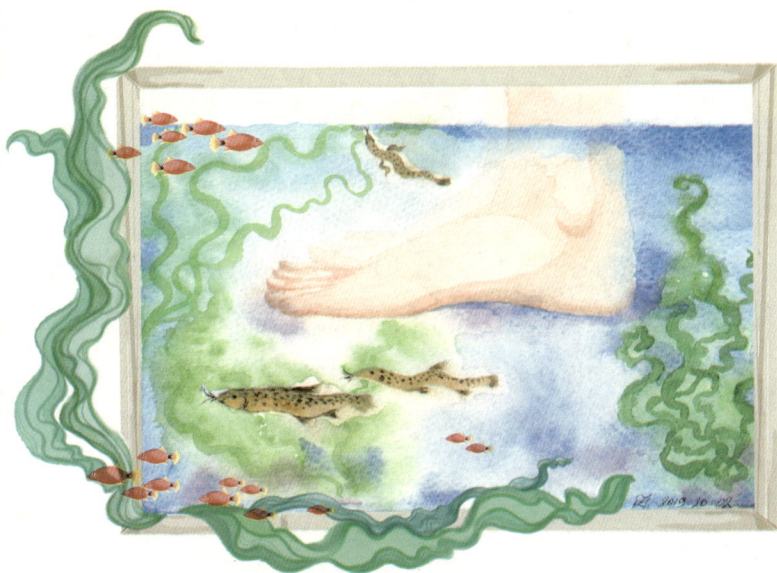

　　割禾时节也是捉泥鳅的时候。如歌里所唱，泥鳅都躲在稀泥里，特别是在"湴篷"里。

浅浅的田水浸着刚扎根返青的秧苗，清澄澄的照影如镜，倒映着蓝天白云，秧苗在徐徐的轻风中抖动，像无数的小人在跳舞。如果你仔细观察，会发现水里不时噗噜噜泛起一串水泡，让你怀疑土行孙藏在下面吐烟圈。黑乎乎的蝌蚪在水里游动，跟蝌蚪一样黑的饭碗虫像潜水艇一样，笨拙地拨着爪子，躲进秧根里。

农历四月的日头已经像火炉，田埂的洞里用手掏进去基本不会扑空，除了泥鳅，还有菩萨鱼、塘角鱼，最经常捉到的是螃蟹。捉到螃蟹比捉到鱼还开心，尽管几乎无一例外会被它的螯夹到，但螃蟹可以用火烤着吃，烤熟的螃蟹掀开盖，那股香气能把人冲得晕过去。

捉泥鳅要有技巧，俗话说，滑过泥鳅。泥鳅的身子很滑，"吃软不吃硬"，抓得越紧越容易滑脱，这一点跟婚姻有点相似。因此捉泥鳅最好是连稀泥一起捧起来。滑溜溜的泥鳅最怕干沙子，泥鳅掉进沙子里，像乒乓球一样乱蹦一气，沙子粘在身上，越蹦越没劲。我的一个堂叔因为私刻公章成为"坏分子",因为不肯把工具交出来,开他的"批斗会",民兵营长骂他:"就算你滑得像泥鳅,今日也叫你跌到沙堆!"其实这个比喻一点不贴切,那个"坏分子"瘦得像一根竹竿,而泥鳅都是肥嘟嘟的。

那时候没有这么多人工养殖,泥鳅都是野生的。三日一圩[1],罗秀圩圩日的街头一溜的木盆里,养着待售的黄鳝、泥鳅和青蛙。这些活物生猛活泼,令人馋涎欲滴。泥鳅颜色单纯,青黑色的身上长着斑点。这种入嘴的东西,不好说可爱还是不可爱,但泥鳅粥的确非常美味可口。

泥鳅粥称得上是人间至味。将捉回的泥鳅放在清水盆里养两天,让它们把肚子里的腌臜都屙干净。泥鳅什么都不吃,起码能活一周。用手掌小心地将它们捧起来放到锅里,泥鳅安静地躺着,一点也不知道这种"迁居",意味着"末日来临"。

---

1 圩:集市。此处理解为"集日"。

这时候要先在锅里放上一勺油。花生油淋在泥鳅的身上，它们一动不动，也许正在陶醉中，以为谁在给它们淋浴。你左手拎着锅盖，右手舀一勺盐，把盐倒进去时即刻盖上。里头就像放鞭炮，叮叮当当一阵乱响。阿弥陀佛！我小时候很喜欢听这种叮叮当当的声音。最多一分钟，掀开锅盖，所有的泥鳅都直挺挺地躺在锅里，偶尔有一两条不时甩动一下。

　　介绍这么残忍的烹饪过程，并不是想夸耀什么，只是记下小时候生活中难忘的这一幕。

苍蝇
纷飞

小时候每年初冬，我最喜欢白天在廊阶上铺一张草席，趴在那儿看书。太阳暖洋洋像一盏挂在天上的汽灯，又光明又温暖，除了不会吱吱作响。但讨厌的是总有苍蝇干扰我。秋后的蚂蚱蹦跶不了几天，苍蝇却似乎不知道或者是不在乎寒冬将至。它们停在我摊开的书上，像逛街一样走走停停。我一挥手，它们嗡地飞开，但很快又飞回来。苍蝇不叮无缝的蛋，我既没有缝，更与"蛋"风马牛不相及——我们那里骂人愚蠢都不骂"笨蛋"的，而是骂"四方木头"或"大番薯"。

苍蝇的"遍地丛生"证明了一个令人沮丧的道理：越是仇恨，越能激发生命力。如果一种东西神憎鬼厌，人人皆欲除之而后快，它会像离离原上草，野火烧不尽，春风吹不吹都生。苍蝇是这样，蟑螂、老鼠也是这样，相反大熊猫、白海豚人人喜爱，却数量极少。

都说世界上没有无缘无故的爱，也没有无缘无故的恨，但苍蝇是个例外。我从小喜欢打苍蝇，那时候不懂它会传播细菌什么的。我把击打这种会飞的小虫当作一种游戏。我最佩服父亲能空手打到苍蝇。苍蝇停在他的膝盖上，他巴掌在空中一捞，或者双掌慢慢合拢，在苍蝇上方一拍，摊开手掌，那只苍蝇像变魔术一样已经横死在他的掌心。父亲当过兵，他说这就像射击一样，要有"提前量"。但我怎么也学不到父亲的技巧，看到桌面有一只苍蝇，一巴掌拍下去，手掌又红又疼，却连苍蝇的毫毛也没碰到，所以打苍蝇我一般都是用祖父编的苍蝇拍。

祖父是村里不多的文化人，会吟诗作对、诊病开方，他还有一个特长，会编织各种各样的竹器，篾条在他的手里飞舞，那些箩筐、筛子、盖子、鸟笼、火笼¹、竹笠、泥箕等像魔术一样变出来。祖父编的苍蝇拍比巴掌略小，一根手柄柔软而富有弹性，如果用来打屁股，啪啪作响，声音清脆而结实，听到的人会浑身起鸡皮疙瘩。

苍蝇拍像伸长的手掌，用起来得心应手，大概《射雕英雄传》里练"九阴白骨爪"的梅超风抓人时"手臂暴长"，就是那个样子。我把苍蝇拍握在手里，像黑旋风李逵身怀利器，杀心陡起。20世纪70年代初，在六雷村龙瑞庄的青砖老屋经常见到这样一幕：一个男孩蹲在午后的廊阶上，暖洋洋的太阳把他身体的阴影印在地上，他攥着一只苍蝇拍，目光炯炯，杀气腾腾，左顾右盼，寻觅着飞落的苍蝇。一旦发现，如获至宝，将一米来长的苍蝇拍慢慢伸出去，罩在苍

---

1 火笼：闽东、粤西、赣南等客家农村特有的一种取暖器具，外部由竹篾编织而成。

蝇上方，用诗人的话说，死神笼罩在它的上空。一般来说，苍蝇是不会知道死到临头的。男孩以迅雷不及掩耳之势，手腕一抖，啪的一声，正在觅食的苍蝇登时成为拍下之鬼。

人为财死，蝇为食亡。有时候几只苍蝇正在"会餐"，不知道是"老乡会"还是"同学会"，一拍下去，全都一命呜呼。有些苍蝇在交配时死于非命。日月经天，阳光雨露，万物生长，苍蝇你欢我爱，为的是繁殖令人生厌的害虫，显得厚颜无耻。它们勾搭在一起飞翔，淫荡不羁，不知道是否觉得自己像凤凰一样比翼双飞。一待它们停下，说时迟那时快，我乘其苟且之际，挥拍击出，一拍两命，大快童心。每次我都把打死的苍蝇归拢起来数数，把它们当成被俘获的士兵。

赤手空拳很难打着苍蝇，我猜跟苍蝇长着两只复眼有关。苍蝇的脑袋有点像蜻蜓，眼睛几乎占了脑袋的一半。苍蝇也能分公母，当然并不是根据它们停在镜子还是酒杯上。据说，看眉毛大致可以分出男人和女人，辨别苍蝇公母只需看眼睛，公苍蝇眼睛窄，母苍蝇两只眼睛隔得宽；当然还可以看肚子和屁股，公的肚子小、屁股圆，母的肚子大、屁股尖。

苍蝇容易死于非命，跟它们喜欢"搔首弄姿"有关。如果你仔细观察过一只苍蝇，就会知道此言不虚。苍蝇像绝大多数的昆虫一样，长着六条腿，不过最前面两条也许叫"手"更合适，因为它们不是用来走路，而是用以搓来搓去。苍蝇没有鼻子，它的"鼻子"就长在"手"上，停在哪里，比如一碗米饭或一堆粪便上，先用"手"去品尝味道如何，然后才把嘴巴凑近去。苍蝇很贪吃，见到什么东西都要"亲手"尝一尝，"手"上沾着各种食物，所以它要经常搓手，没吃之前搓手，吃饱了也心满意足地搓手，还不时摸头抹脸，像是打发腊或涂雪花膏。搓手让苍蝇任何时候都显出一副摩拳擦掌、踌躇满志的样子，似乎充满对生活的热爱。

说苍蝇"热爱生活"并不错。它的确称得上十分"勤劳",不是在吃东西,就是在找东西吃的路上。据说一只苍蝇从卵到蛆到蛹到成虫,也不过活一个月左右,所以你如果在同一个地方这个月看到的苍蝇,一定不会是上个月那一只,它们就像两张叶子长得十分相像。寿命这么短,却这么"孜孜不倦",真是生命不息,觅食不止。

尽管我如此奋勇地歼灭苍蝇,但它们却一点也不见减少,像路边的"鬼针草"一样粘人,依旧频繁出现在餐桌、地上、什物和人的衣服上,在你眼前嗡嗡乱飞。记得有一次写作业,为了驱赶一只讨厌的苍蝇,我打翻过一瓶蓝墨水,把作业簿全毁了,气得眼泪直冒,这进一步加深了我对苍蝇的刻骨仇恨。

我后来找到了一件新式武器:在药店买回一种药片——我忘记叫什么了,磨成粉与白粥拌在一起,摊在一张纸上,苍蝇们围拢过来聚餐,纷纷"中锤",跌跌撞撞飞不起来,那种情形就像《水浒传》里杨志手下那些押送生辰纲的官兵吃了"蒙汗药"。我发现苍蝇远远比不上蚂蚁聪明，如果在一行忙碌的蚂蚁中，你捻死一只，其他蚂蚁就会停下来"交头接耳"，然后绕道而行，但苍蝇不管有多少中毒身亡，仍会"前仆后继"，仿佛视死如归。

与药杀苍蝇相比，粘蝇纸是一种更美妙的发明。我把从罗秀圩买回的黄色粘蝇纸摊在桌上，苍蝇们纷至沓来，一只只像参加航展的直升机轻盈地降落，脚立马被粘住。它们发现中了埋伏，但为时已晚，振翅欲飞，翅膀扇得像飞快的风车，却无济于事，一不小心拍打的翅膀也被粘住。惊骇万分的苍蝇垂死挣扎，但越挣扎越动弹不得，没有任何一只苍蝇能从粘蝇纸上逃出生天。

大概苍蝇唯一值得骄傲的，是它身上携带的细菌数量。大概四五年级时看《十万个为什么》，说一只苍蝇带的细菌多达上亿。乖乖隆地咚，"亿"是什么概念！我和同村后来一起考上大学的梁佐智（几年前去世了）争论，我们各自用自认为世界上最多的东西压倒对方：我说绿豆，他说芝麻；我说石头，他说树木；我说沙子，他说水……我当时不知道苍蝇的细菌，否则祭出这法宝，他一定找不到数量更多的东西了。想到苍蝇飞来飞去，那些细菌就像喷雾一样纷纷掉落，洒在你的身上、食物上，真是一种令人恐惧的情形。

关于苍蝇，我曾经见过极为"壮观"的一幕：参加工作之后，有一次下乡，记得是农历八月十五之前，在玉林市大平山镇与同事骑车经过一个月饼店，远远看到店门口支着一个筛子，上头蒙着一块黑布，像是晾晒着什么。快到跟前时，那块黑布像耍魔术一样，霎时变成无数的碎片，一团"黑云"飘起来，耳边响起震耳欲聋的嗡嗡声。那块"黑布"竟然是成千上万停在月饼馅料上密密麻麻的苍蝇！我和母亲说起这令人惊骇的一幕，她说她20世纪50年代在平南县大安中学读书，也曾经把米粉摊上落满的苍蝇误会成豆豉。她至今对大安街最深的印象之一，就是那里的苍蝇多如牛毛。

苍蝇的足迹遍布全世界，可以说凡是有人的地方就有苍蝇，但苍蝇的"领土"比人宽阔得多，有苍蝇的地方未必有人。一般来说，苍蝇多的国家都比较穷，它总是喜欢待在物质不那么"文明"的环境，因此，苍蝇可以作为衡量一个地方发达还是落后的尺子。20世纪80年代末，我一位大学同学毕业后到某个国家参加援建项目，陪公司老总到一位部长家里拜访，主人端出一盘西瓜热情招呼。他非常震惊地看到，在鲜红的瓜瓤上爬着难以计数的硕大苍蝇，它们先下嘴为强，分享这象征友谊的盛情。我同学客气地表示感谢，却始终不敢伸手。主人却毫不为意，挥一挥手，从苍蝇嘴里"抢"过西瓜，咔嚓咔嚓地大啃起来，吃得两边嘴角瓜汁直流。

我杀"蝇"无数，估计在苍蝇的复眼里，我就是一个沾满了它们同胞鲜血的"刽子手"。虽然与苍蝇"不共戴天"，但现在想想，它毕竟带给我许多童年的乐趣。如果不是那么脏，也许在人们眼里，苍蝇就像茅盾先生所夸奖的，"勇敢"而且"勤劳"，跟蜜蜂一样可爱。这些传播疾病的家伙，的确在生活之外，赢得了艺术家的喜欢和尊敬。苍蝇中有一种牛蝇，嘴巴特别尖，专门叮吸牛血，身材魁梧、皮肤厚实的大牛牯，被只有筷子头大小的牛蝇弄得无可奈何。牛蝇又叫"牛虻"，小时候父亲的书柜里有本同名的外国小说，它是主人公的绰号。"牛虻"走上刑场前曾抄给女友一首诗，读起来让人激动不已：

> 不管我活着
>
> 还是我死去
>
> 我都是一只牛虻
>
> 快乐地飞来飞去

我读大学时英国作家威廉·戈尔丁获得诺贝尔文学奖，他的代表作就叫《蝇王》；法国作家萨特写的一部著名话剧叫《苍蝇》；20世纪90年代中国有个摇滚乐队也用"苍蝇"命名。苍蝇无处不在，在银幕上飞翔，于动漫中跳舞，登上艺术的大雅之堂，甚至登上人见人爱的钞票——澳大利亚的钞票上除了印着总督，还曾印着当地的大头苍蝇。

不过，苍蝇毕竟是苍蝇，人们固然喜欢澳洲印着大头苍蝇的钞票，但它嗡嗡嘤嘤的声音实在令人生厌。所以曾经有个著名主持人出版了一本书，因为差错太多，被一个语文老师挑刺，主持人气急败坏地骂对方是苍蝇。三千年前一个无名女子也有这种感受。她与情人约会，却招来闲言碎语，于是写了一首诗送给自己的情哥哥，那首诗把像苍蝇一样嗡嗡嘤嘤的"八卦"，"上纲上线"到国际关系，又归结回到个人上，可谓收放自如，写出了对流言蜚语的痛恨：

　　营营青蝇，止于樊，岂弟君子，无信谗言。

　　营营青蝇，止于棘，谗人罔极，交乱四国。

　　营营青蝇，止于榛，谗人罔极，构我二人。

　　　　　　　　　　　　　——《诗经·小雅·青蝇》

翻译过来就是：

嗡嗡乱叫的苍蝇，

停在篱笆上；

敦厚的情哥哥，

你不要听信那些死八婆的闲话。

嗡嗡乱叫的苍蝇，

停在荆棘上；

这些人说闲话简直没谱，

把周边国家都搅得不得安生。

嗡嗡乱叫的苍蝇，

停在榛树上；

这些人说闲话简直没谱，

害得你我反目成仇。

苍蝇携带细菌，传播疾病，为害人类，与老鼠、蚊子、臭虫一起被列为"四大害虫"。但脏似乎并不是苍蝇的罪过，是人把环境弄脏了，苍蝇不得不在这脏环境中生存，感染了细菌，传播了疾病。从这个角度说，苍蝇不过是人类自作孽的"替罪蝇"。人之犹存，蝇将何去？在人类与它们进行的旷日持久的战争中，似乎说不好谁是最后的胜利者，反正从苍蝇拍、药物、粘蝇纸到生物技术，都没能消灭苍蝇。我甚至怀疑，它们是否要与人类"偕亡"。

想起一件轶事：前些年当记者时曾经到一家养苍蝇的工厂参观，技术人员告诉我，苍蝇虽然带有上亿的细菌，喜欢待在肮脏的地方，但它本身从来不得病，这简直可以跟"出淤泥而不染"的莲花相媲美。之所以具有这种"万花丛中过，片叶不沾身"，或者说"常在河边站，就是不湿鞋"的本领，是因为苍蝇的幼虫体内有一种叫"抗菌肽"的物质，抗菌肽能把细菌包围起来，几个小时就能把它歼灭。

真是长知识了！

饭碗虫·菩萨鱼

我觉得七岁以前去捉饭碗虫和菩萨鱼比较好，要是过了这个年龄就没趣了，而且长大后不太能记住这些小事。我所有关于这两样东西的记忆都是七岁以前的。

我原来一直不知道饭碗虫的大名，但知道了也没用，说它的大名，许多捉过饭碗虫的人，根本对不上号。一种物件的名字很奇妙，叫习惯了再叫别的，似乎说的是另外的东西。这种无感，还包括关于它的美好或伤感的回忆。几年前到梧州出差，看到街头卖"炒龙虱"，一小碗十块钱，旁边有块牌子：治尿频尿急、小孩疳积尿床。我骤觉惊奇，这种长得跟蟑螂像是表兄弟的，不就是我小时候捉的饭碗虫吗？真是三十年河东三十年河西，它们居然"身登龙门"变成了风味小吃？

这么多饭碗虫我猜是养殖的，稻田里不可能捉得到。我小时候捉饭碗虫只是贪玩，捉回去并不是当菜，而是用火炭煨着吃。饭碗虫掰掉硬壳和里头的翅膀，还有几只爪子，实在没有什么吃头，所以有时捉到了念一声"阿弥陀佛"丢回田里。饭碗虫是捉鱼的"副产品"，如果没有捉到鱼，鱼篓里只有几只饭碗虫，干活的大人硬掀开盖子要看，会不好意思死死捂住。

饭碗虫一般现身在田里放水的水窝。准备耙田插秧时，要往田里灌水，上田与下田之间都有一个出水口，鱼虾蟹们往往躲在出水口的水窝里。你要先用脚在水窝乱捣一气，把躲在底下或水草里的它们惊扰出来，再用一只竹箕舀水。"浑水摸鱼"的技巧每个小孩都无师自通。竹箕里的水哗哗漏完后，"战利品"就剩在竹箕里，往往是几条"白饭鱼儿"和菩萨鱼，还有几只饭碗虫，偶尔捞上一条塘角鱼或几条泥鳅，会兴奋得裤子掉下来也懒得提，急急忙忙、小心翼翼倒进鱼篓里。

捉鱼的行头很简陋：一只竹箕，一只鱼篓，夏天日头毒，大人总啰唆要你戴上竹笠。大人的啰唆都是有道理的，因为他们吃的盐比我吃的米多，过的桥比我行的路多。但戴着竹笠绊手绊脚怎么捉鱼呢？只有大人才喜欢戴竹笠，竹笠就是他们的鱼篓：他们犁田耙地或插秧割禾时捉到黄鳝、泥鳅之类，就用蕨车草梗穿着鱼鳃别在竹笠上，收工回到家时，别在竹笠上的黄鳝和泥鳅已经晒成了鱼巴。我要捉活的鱼，特别想捉到菩萨鱼回家装在玻璃瓶里，看它游来游去。

现在说起来感觉小时候捉鱼很有趣，但那时候是一件很狼狈的事情。夏秋季节，太阳像火笼顶在头上，水田里白光闪闪。野外墨蚊很多，满头汗水的

　　"浑水摸鱼"的技巧每个小孩都无师自通。竹箕里的水哗哗漏完后,"战利品"就剩在竹箕里,往往是几条"白饭鱼儿"和菩萨鱼,还有几只饭碗虫。

你在水窝里舀水，墨蚊往你脸上、胳膊上和腿上"招呼"，一叮一个疙瘩，痒得厉害，顺手一拍一抹，脸上、头发上、衣服上都是泥巴。小时候穿的裤子系的都是松紧带，弯腰时裤子滑下来，白生生两片屁股朝天。如果大人从路边经过，看见田里撅着屁股的泥猴，一定"我见犹怜"，觉得他们又淘气又让人怜爱，就像我现在见到在田里摸鱼捉虾的小孩。

如果捉到菩萨鱼，所有的辛苦都会烟消云散。菩萨鱼颜色鲜艳，全身蓝色、绿色、黑色和红色相间，像穿着斑斓的花衣，尾巴像流苏一样漂荡。菩萨鱼十分生猛，在竹箕里像玻璃弹子一样乱跳。如果不想它死掉，最好带上一只小桶，把它放在水里养着，带回家再装进宽口大玻璃瓶里，每天看它摇头摆尾。有的菩萨鱼奄奄一息，只好煎来做菜。小时候把菩萨鱼煎成鱼巴，简直就是"暴殄天物"的注脚，虽然煎出来的菩萨鱼香喷喷的。

我记得我曾经有一个"高大上"的鱼缸，不记得谁做的了，是一只不知从哪找来的大号灯泡，把它的上端割掉，灌上水，把菩萨鱼养在里头，用绳子挂在高处。菩萨鱼在里头悠闲地甩着尾巴，"游手好闲"。我有时把打死的蚊子、苍蝇丢进去喂它，它显得十分狡猾，总是装作无动于衷，慢慢靠近食物，突然间脑袋一摆，把它一口吞掉。这时候母亲就会告诫我："你不要喂得太多，小心把它肚子喂爆了！"

飞"蝗"腾达

　　农历六月禾熟的时候，我们放学后到稻田里捉蜢。蜢的大名叫蝗虫，有些地方也叫蚂蚱，颜色或者青绿或者灰绿，停在黄色的稻叶或稻穗上，等待着我们去捉它。

　　有的蜢傻傻的，人走近了还一动不动，像在打瞌睡；有的醒水[1]一些，感觉危险来临，就"蹑手蹑脚"从叶子前面挪到背面，大概以为这样我们就看不到它了，就跟古书里讲的用树叶遮住眼睛到街上偷东西的

---

1 醒水：精明、聪明。

楚人一样。当然也有特别警觉的，人刚走近就蹦得没影了。蟓是动物中的"跳高兼跳远冠军"，我有个同学跳得远，得了个绰号叫"大蟓"，但他只是蹭个名，比蟓差远了。

大人并不喜欢小孩捉蟓，因为不是把稻粒碰掉，就是把稻秆踩坏。看到有小孩闯到田里，就吓唬快点上来，不然打烂你屁股。但这样的恐吓一般都没有用，除非出声的是"亲爷老子"。在农村，父母可以把自己的小孩屎尿都揍出来，对别人家的小孩顶多骂几句，绝对不会动手脚，因为那样做等于说人家的爹死了，要你来管教。这要比捅了马蜂窝还麻烦。所以，如果你是老师，千万不要相信类似"侬儿[1]交畀[2]你了，要打要骂由你"的鬼话，以为拿到了家长给的"尚方宝剑"，除非你真的像孔夫子一样德高望重。

说回捉蟓的事。稻田里的蟓像筷子头大小，成群

---

1 侬儿：小孩。
2 交畀：交给。

结队飞起飞落。少年不知愁滋味,蝱越多我们越高兴,大人是不会这么想的。我们捉到蝱,掰掉它那两条粗壮有力的后腿,塞在口袋里。但捉到大蝱时例外。大蝱跟拇指一样粗细,比普通的蝱大上四五倍,除了一双眼睛,浑身绿得像芥末一样。我们用一根线拴着它的大腿,将它"放风筝"。蝱的后腿长满红色的尖刺,正好把线挂住,不会脱出来。我们玩过的花样很多,打陀螺、滚铁环、炸牛屎……但没有放过真的风筝,除了"放蝱"。捉到蜻蜓和青油虫也如法炮制,这些虫子拖着线飞起来,把我们的心也拽得高高的。

　　蝱捉回来一般都拿来喂鸡,有时也喂鸟。祖父养有一只鹧鸪,羽毛斑斓,像穿着一件碎花衣服。鹧鸪是我见过的最漂亮的鸟,平时喂黄粟米,只有六月割禾的时候捉蝱来喂它,过一段吃荤的日子。我不是公冶长,不懂鸟语,没有问过它,这样关在笼子里吃喝不愁,还能吃上肉,是不是觉得很幸福。

捉蜢的时候我特别渴望能捉到禾虾。禾虾[1]像虾一样，头上有两根长长的触须，跟虾不一样的是没有两只螯。禾虾与蜢也不同，它长着一对大翅膀。看到一群蜢中有一只禾虾，我们像见到一只大蛤蟆[2]一样扑过去，把禾秆压得七歪八倒。用火炭煨熟的禾虾，感觉是小时候吃过最香的东西。

我原先不知道蜢也可以吃。第一次吃蜢是到一个同学家玩，他从橱柜里端出一盘彤红的虫子请客，我认出那是一盘剥掉了脚和翅膀的蜢。蜢跟虾一样，炒熟了就会变红。不知道会跳的东西是否都一"炒"就红，人好像也一样。红扑扑的蜢让我们几个同学直咽口水，"七手八脚"地抓着往嘴里塞，感觉连鼻子都要香掉。

读大学时知道吃蜢古已有之，最有名的"食客"是唐太宗李世民，而且是吃活的。有一年长安城发生

---

1 禾虾：学名稻蝗，俗称油葫芦。
2 蛤蟆（nǎ）：虎纹蛙，又称田鸡。

蝗灾，李世民在后苑视察水稻，捉到几只蝗虫，说了一番"感人肺腑"的话：老百姓靠稻谷为生，蝗虫吃禾苗害人，这是我的过失所致。你如果有灵性，就吃我的心肝吧，不要祸害百姓。说完就将蝗虫往嘴里放，随从急忙拦住：万万使不得，这样会得病的！唐太宗的回答"掷地有声"：我就是要让它把灾难转移到我身上，怕什么得病！一口把蝗虫吞下了肚。[1]

史书上说唐太宗当时"掇数枚"，可见吃了不止一只。蝗虫虽然是"绿色食品"，但活生生吞下几只，摊上谁都会发怵。李世民真是一个好皇帝。这个故事简直可以读出一部简明中国史：第一，中国是农耕社会，治国理政应以农为本，皇帝对农业丰歉特别关心，为了表示不忘"本"，皇宫的后苑也搞有"水稻示范田"；第二，皇帝别名"天子"，头衔上有"奉天

---

1 唐代吴兢《贞观政要》有载："贞观二年，京师大旱，蝗虫大起。太宗入苑视禾，见蝗虫，掇数枚而咒曰：'人以谷为命，而汝食之，是害于百姓。百姓有过，在予一人。尔其有灵，但当蚀我心，无害百姓。'将吞之，左右遽谏曰：'恐成疾，不可！'太宗曰：'所冀移灾朕躬，何疾之避！'遂吞之。"

承运"四个字，是"承天命"来治理国家，所以每当发生自然灾害，皇帝——当然是那些公认为好的——都会反躬自问施政不善，有的还因此下"罪己诏"。

唐太宗历史上的美名，是因为他开明纳谏，因为接受魏徵的批评，留下"以铜为镜，可以正衣冠；以史为镜，可以知兴替；以人为镜，可以明得失"的至理名言，但我觉得他生吃蝗虫更有意思，比前些年某地官员为了证明水质达标跳下去游泳显得实诚得多。白居易曾经写过一首关于河南蝗灾的叙事诗，河南官府为了治蝗，下令日夜捉虫，使得虫价跟每斗三百钱的粟价相同，一点用处也没有，蝗虫不见减少，白白加重饥民负担。白居易认为要是能像唐太宗那样仰天吞蝗，就算有蝗虫也不会成灾。[1]

蝗灾的确很可怕。若干年前我目睹过一次，尽管规模很小：成千上万的蝗虫像一块飞毯一样，覆盖在

---

[1] 唐代白居易诗曰："又闻贞观之初道欲昌，文皇仰天吞一蝗；一人有庆兆民赖，是岁虽蝗不为害。"（《捕蝗—刺长吏也》）

当时闲置的工业园一块荒草葳蕤的空地上，密密麻麻蠕动的蝗虫让人头皮发麻，蝗虫的啃食声像下雨一样唰唰作响。那块"毯子"再飞起来时，原本碧绿的草地就像被剃刀刮过，只剩下一片灰白的草梗。

蝗虫生活在野地里，吃庄稼和野草叶子为生，它才是真正的"草原绿鸟鸡"。据说蝗虫超过七成是蛋白质，还有多少种氨基酸，加上维生素 B1、B2、E、A，胡萝卜素，脂肪酸，微量元素，等等，简直就是动物人参。所以香港人叫它"飞虾"，吃"油炸蝗虫"能飞"蝗"腾达，所以吃蝗虫既有味道又有好意头，既有营养又有文化。无数的事实证明，一种活物只要进入了人的食物链，就意味着它们末日将至。假如当初唐太宗"吞蝗"之际，颁发一道政令，让国人以蝗虫为食，估计蝗灾什么的就可以"令出灾除"了。

"哈卵"的
蚯蚓

利用知识盲点嘲笑对方是维护虚荣心的惯常做法。我一位朋友上大学时有一次被室友笑话没吃过巧克力，他回怼道："蚯蚓你也以为是黄鳝呢。"这一突兀无两的回答让对方登时哑火。在农村不认识蚯蚓的确是一件相当丢脸的事，因为它实在太寻常了。

小时候我家有个旧禾堂，就是放稻谷的仓库。准确地说，是旧禾堂的废墟，我没少在那里挖蚯蚓喂鸡。废墟里有很多高秆芭蕉树，所以叫它芭蕉园也行。读马尔克斯的《百年孤独》时，我总觉得那个南美小镇马孔多的芭蕉园就是这个样子的。小说里没有提到蚯蚓，但我想一定少不了。反正我家的芭蕉园里就很多，那些蚯蚓肥嘟嘟的，比筷子还长还大。在一个吃红薯粥充饥的年代，如此肥胖的蚯蚓给人强烈的违和感。

现在想起来，那个地方称得上是蚯蚓的乐园，地势低，长年累月被芭蕉叶遮蔽，见不到太阳，旁边还有两个厕所，这种又阴又湿还肮脏的地方，恰恰是蚯蚓最喜欢的栖身之处。芭蕉园里有几垄菜地，种着姜、葱、蒜、辣椒，记得还有薄荷和一些时鲜蔬菜，掘土时几乎每一锹都能翻出几条蚯蚓，有时还有小蜈蚣，另外还有一种样子像蚕蛹却是白色的虫子。红色的蚯蚓在黑黝黝的泥巴里乱钻，因为猛然间被"大白于天下"而惊慌失措，鸡们争先恐后地扑过来，这样的美食大餐让它们快乐得一塌糊涂，经常是两只鸡扯着一条蚯蚓"拔河"，谁也不让谁。侥幸抢到的那只急急忙忙把蚯蚓吞下，因为蚯蚓太大，脖子一鼓一鼓，让人担心它的喉咙被卡住。

我对蚯蚓是否有眼睛和耳朵充满好奇，并做过专门"研究"：我用一根棍子在探出洞口的蚯蚓面前晃动，大声喊叫，它毫无反应，但要是我用脚跺一下地，蚯蚓马上缩回洞里。我判断它们既没看到，也没听到，只是被震到了。如果你把一条蚯蚓截成两段，两段都会不停扭动，一点不像死了的样子，蚯蚓的再生能力丝毫不比蚂蟥逊色。

蚯蚓像蚂蚁、蜻蜓一样，还是天气预报的高手。"蚂蚁搬家有雨下"，"蜻蜓成群飞，雨过湿地皮"，同样，关于蚯蚓也有"蚯蚓路上爬，雨水乱如麻"的总结，这都是我小时候听过的谚语。还有一个说法，蚯蚓"朝出晴，暮出雨"。我不知道这是不是蚯蚓得名"地龙"的原因，"风从虎，云从龙"，民间认为龙出行是一定要下雨的。后来读到宋代梅尧臣的诗，"三日雨不止，蚯蚓上我堂"，他居然也知道这个规律。

蚯蚓是公认的益虫。真正研究过蚯蚓的达尔文曾经下结论：地球上大部分肥沃的土壤都是经过蚯蚓的努力改造而来的。蚯蚓简直就是地球土壤的改良师，可惜它长得太丑了。不过要是长得漂亮，大概也不会这么勤劳了，就算勤劳也不会这么默默无闻。天赋与品德常常不能兼得。荀子也称赞过蚯蚓的美德，认为蚯蚓"无爪牙之利，筋骨之强，上食埃土，下饮黄泉，用心一也"。专心致志的蚯蚓的确是值得学习的榜样。

小时候玩蚯蚓大人是不高兴的。经常有小孩"小鸡鸡"发炎，又肿又胀，拉不出尿，走起路来像一只鸭子，一种说法是被蚯蚓吹到所致。我查了一下，李时珍的《本草纲目》真的有"小儿阴肿，多为蚯蚓所吹"的说法。治疗的办法跟鲁迅说用"原配蟋蟀"做药引一样"奇葩"，需用鸭的口水涂抹，而且必须是公鸭的。

写《浮生六记》的沈复童年就有过这种糗事。他小时候被蚯蚓吹到"小鸡鸡"，肿得无法小便，后来家人捉了一只鸭子来弄口水，操作时一时失手，鸭子伸长脖子差点没把他的"小鸡鸡"夹掉——谢天谢地，幸亏没有酿成惨剧，否则我们就读不到他那本描写夫唱妇随闺中乐的笔记了。他当时吓得哇哇大哭，留下了一个名人的笑柄。[1]现在想想，村上小孩的"小鸡鸡"发炎红肿，可能只是因为光屁股玩耍，特别是玩蚯蚓后不洗手又乱摸，"小鸡鸡"沾染细菌或病毒引起感染。

桂北人骂人愚蠢，也说"哈卵"，并非本文题中"哈卵"之义，特此声明。

---

1 沈复《浮生六记》曰："卵为蚯蚓所哈，肿不能便，捉鸭开口哈之，婢妪偶释手，鸭颠其颈作吞噬状，惊而大哭，传为话柄。此皆幼时闲情也。"

"黄蜂尾上针"

黄蜂是种让人恐惧的昆虫。我曾经被黄蜂蜇过，真的痛得要命，不只是痛，还痒，我拼命要把毒汁挤出来，但毫无作用，感觉被蜇的手指头像套上一个铜箍，变得僵硬麻木。

那是读小学二年级时的事，印象深刻，因为实在是太痛了。英国有个医生试验用蜜蜂刺到哪儿最痛，得出结论是嘴唇第一，鼻子第二，"小鸡鸡"第三。其实十指连心，手指才是真痛，但似乎医生不懂，化验时总是从手指采血。

　　黄蜂虽然叫黄蜂，但颜色并非纯黄，而是黄中夹黑，或者说黑中夹黄，正如"鸡蛋炒西红柿"和"西红柿炒鸡蛋"，都是一回事。

那次被黄蜂蜇了，同学大惊小怪地跑去告诉老师，也就是我母亲。她捉住我的手指骂怎么不蜇死你。大概是看到我虽然痛得不停抽冷气，但不会有什么大碍。做母亲的都是这样，如果你闯的祸不是太大，她会像骂一条狗一样骂你，要是真的闯了大祸，就会把你当作一只受委屈的兔子，叫你别害怕。

黄蜂虽然叫黄蜂，但颜色并非纯黄，而是黄中夹黑，或者说黑中夹黄，正如"鸡蛋炒西红柿"和"西红柿炒鸡蛋"，都是一回事。它身材奇特，腰窄得像一根管子，连着上半截的脑袋、身子与下半截的肚子、尾巴。《三国演义》里的马超是"黄蜂腰"，估计长得就跟黄蜂一样，肩宽腰窄大腿粗。据说这是标准的健美身材，所以黄蜂称得上是"健美冠军"。但物极必反，楚灵王也喜欢这种"黄蜂腰"，让大臣每天只吃一顿饭，饿得肚皮贴背脊，满朝文武一脸菜色，扶着墙壁才能站起身。

人们似乎对黄蜂没有好感。黄蜂的尾针让人害怕，其实它完全是一种"防御性武器"，用于自卫，不像有些人类身怀利器，就会杀心陡起。当时如果我不捉那只黄蜂，就不会被蜇肿手指头。人类在把谁当朋友的问题上，最为势利，只把像青蛙那类只能给自己欺负、对方不能反抗的温顺动物当成朋友。黄蜂因为那根尾针，不仅没能成为人类的朋友，还被污名化，编出"青竹蛇儿口，黄蜂尾上针，两者不算毒，最毒妇人心"的顺口溜来。

草棚、屋檐和竹林经常能看到黄蜂的巢——我们叫"黄蜂窝"。黄蜂像蚂蚁一样勤劳，富有创新精神，黄蜂窝体积庞大，结构精美，像一朵巨大的葵花，挂在房梁或树杈上。在人们眼里黄蜂窝充满危险，如果谁家的屋子里挂着一只黄蜂窝，一般都会想办法把它摘掉。

摘黄蜂窝是我们童年时最刺激的"战争"，比以生产队划分阵营互相打群架还惊险。有人负责进攻，有人负责围观和逃跑，有人负责分享蜂蛹，还有人负责向家长告密。主攻手穿着雨衣，脑袋和双手也用毛巾包得严严实实，举着一根长竹竿，竹竿前端绑着点燃的一束稻草，或者一个扫把，伸到黄蜂窠下面，被惊扰的黄蜂像糖浆一样汩汩流出，绕着蜂窠乱飞，被烟熏火燎后纷纷掉落，像黄豆撒落一地。少数黄蜂顺着竹竿爬下来，明知道举着竹竿的人就是冤家仇人，但对这个裹得密不透风的侵略者无可奈何，最后带着对这场无妄之灾的悲愤和困惑，仓皇离去，不知所终。

　　我这样描写火烧蜂巢似乎太过煽情，但假如你是一只黄蜂，相信一定会这样想。黄蜂对于家园被毁的心情不言而喻。那个堪与精美的人工建筑相媲美的黄蜂窠，连同它们的后代落入人们手里。在整齐划一、格局俨然的一个个洞里，有的幼蜂已经长出了翅膀，但再也没有飞翔的机会；有的还是白色或灰色的蛹。人们见者有份地分享着战利品，它们味道鲜美，不需要任何加工，我们直接放到嘴里，嚼得满口生津。

屋檐下的大黄蜂窠不太常见，山上蜂窠最多。经常有人上山砍柴或割草，被受到惊扰的黄蜂蜇得鼻青脸肿。小的黄蜂窠还好对付，点一把火，就能把黄蜂赶走，把蜂蛹带回家作为美餐。但如果听到闷雷般的响声，保命的唯一办法就是伏在地上，双手抱头，像石头一样一动不动，心里祈求菩萨保佑，直到乌云蔽日般的黄蜂慢慢散去。我祖母上山割草曾被"地壅蜂"——一种在地里筑巢的大黄蜂——蜇过，回到家里时面目全非，脑袋肿得像一个火笼。

蜇了我的那种黄蜂其实不算厉害，大马蜂才是"蜂中的战斗机"。它差不多跟指头一样粗，一般的黄蜂是黄中带黑，大马蜂是黑中带黄。在学校门前那棵饭甑树下，经常有一些大马蜂趴在露出地面的一根树根上，吮吸渗出的像糖胶一样的液体。大马蜂找到了它们的美餐，我也找到了自己的乐趣：放学后，用大口玻璃瓶捉那些大马蜂。

那是一场悄无声息的惊险战斗。我趴在地上，悄悄地靠近。大马蜂十分机警，你稍微动弹一下，它就会飞起来，我只好像冬眠的蛤蟆一样蹲着，等待它们放下戒心，像直升机一样重新降落。它们可能真的以为我走了，或者虽然看到了我，但觉得我并无恶意，停落在树根溃破处，专注地聚餐。我轻轻地将大口玻璃瓶凑近它们，往下一扣，将一只倒霉的大马蜂扣到瓶子里，其余的惊慌飞逃。

我旋上盖子，大马蜂在玻璃瓶里乱碰乱撞，为自己的落网愤怒至极，它看得见光明，却找不到出路；想展开翅膀，却没有用武之地。为了不让它憋死，我会在瓶盖上钻一个孔让它透气。

大马蜂不知道我为什么要抓它。我也不知道，现在想来就是儿时贪玩。如果还有一个原因，那就是大马蜂长得很漂亮，有花纹的身体，透明的翅膀。美丽是美丽者的原罪，成于美的往往也死于美。捉大马蜂比捉蜻蜓无疑更满足我显示勇敢的虚荣心。

大马蜂不会吸取教训，尽管每天有伙伴被捉，饭甑树的树根仍然会有大马蜂麇集，吸吮着树液，弄得我怀疑是否有一个"马蜂窦"在树上。但那棵树实在太高了，而且枝叶繁茂，我无法探测。不过我很快就放弃了这种残物以乐的行为，父亲告诉我黄蜂是对人类有很多贡献的益虫，是苍蝇、毛毛虫等害虫的天敌。自学中医成才的父亲还说，老"黄蜂窦"是一味中药，可以用来治疗肝炎、鼻炎和风湿性关节炎等。如果得了风湿性关节炎，还有一种治疗方法，就是用黄蜂蜇患处，跟用生蚂蟥吸血是一样的道理。

　　生活充满辩证法，能把人蜇死的黄蜂还能给人治病。世界上的事物，也许从来就没有单纯的"好"或"坏"。父亲还告诉我一件更加神奇的事：有一种细腰蜂捕到猎物，比如一条毛毛虫或一只蚱蜢，会像道士作法一样在它身边不停地转圈，嘴里念着口诀："七日变成，七日变成。"那条毛毛虫或蚱蜢七天之后，真的就会变成一只幼蜂。

其实古人很早就有类似的记载。黄庭坚的动物长诗《演雅》中，就有"空穴祝儿成蜾蠃"的诗句。而在《文选》收录那个喝酒出名的刘伶的《酒德颂》中，有"二豪侍侧焉，如蜾蠃之与螟蛉"的句子，有人注解说蜾蠃（细腰蜂）没有后代，捕到桑蚕后，在隐蔽的地方把它埋起来，念咒语"像我"。不久以后桑蚕就变成了细腰蜂。（"蜾蠃，蜂虫也……蜂虫无子，取桑虫蔽而殪之，幽而养之，祝曰：'类我。'久则化而成蜂虫矣。"）我问过一个昆虫学家，他说的确有这么一回事，实际上是细腰蜂将猎物蜇晕后，将卵产在它的身体里，以猎物的营养培育幼蜂。

家有
黄犬

1976 年暑假，我将我家的黄狗一脚踢下了松木山的陡坡。我当时被自己的举动震惊了。我并不是有意害它，当时只是心烦，刚拔完一担花生准备挑回家，黄狗老在身边兴奋地跳来跳去，我觉得绊手绊脚。看到身边荒草茂密的陡坡，想到里头没准藏有什么野兽，比如果子狸或草鸡什么的，我便抬脚将它踢了下去。

回忆小时候做过的坏事和糗事，这是为数不多于心不安的一件。我至今还记得黄狗滚下去的情形。陡坡是很久以前山体滑坡形成的，约三层楼高，长满了杂树和藤蔓，看上去不是很陡。人掉下去也许不会有大事，但估计足以吓破狗胆。黄狗猝不及防，顺着藤蔓和野草，一路惨叫着，翻着筋斗滑到了下面的枯水沟。幸亏那些野藤杂草像一个垫子托着，它并没有受伤——起码表面上是这样，但它完全懵住了，汪汪直叫，声音凄厉，不知道主人为什么要对它痛下狠手。

我怔怔地看着它紧夹着尾巴，头也不回地狂叫着朝家的方向跑，我想起自己打架输了以后委屈地哭着回家的情形，心里巴巴的，懊恼不已，恨不得惩罚自己也跳下去。我挑着花生回到家时，黄狗没有像平时我放了学回来时那样扑到身上，而是站在那儿瑟缩着身体，远远地看着我。

我一直忘不了它的眼神，那种恐惧跟人没有任何区别。看到我在看它，黄狗侧着脑袋，呆了片刻，似乎还觉得不安全，转过身紧夹着尾巴走开。我满怀愧疚，蹲下身，撮起嘴唇，发出"嘚嘚嘚"的声音。它停下来，回头望着我，似乎在判断我的用意，过了半响，突然间冲过来，差点把我扑倒在地上。它脑袋乱拱，舌头在我手上脸上乱舔，发出呜呜嗯嗯的声音。

农村很多人家里都养有狗，全是那种普通土狗，不是黄的就是白的，要不就是黑的。它们朴素得连名字也没有，所有的狗都叫"狗蛮"，生气了就叫"狗瘟"，跟女人骂男人"死佬"差不多；要是非常生气，比如看到狗在追鸡撵鸭或偷吃东西，就骂"死狗瘟"。狗虽然有主，但主人任其"自生自灭"，喂的剩菜剩饭，有一顿没一顿，不像养猪养猫、养鸡养鸭每天服侍。

如此不被主人待见，一点也不影响它们的忠心。大多数的狗都不出远门，每天趴在门口看家。也有的会跟着主人上山放牛或下地干活，主人在一边拔花生、挖红薯，它们在一边百无聊赖，估计要是能帮上忙，一定比牛还卖力。极个别胆大的，会跟着主人趁圩[1]入市。这样的狗简直就是狗里的大侠，因为经过

---

1 趁圩：在圩日赶集。

别的村子，很容易受到守门狗的攻击。狗似乎比别的动物更排外，贸然闯入自己地盘的都被视为入侵者。

　　我家的黄狗就是狗中"侠客"之一，它有时跟着骑车的父亲趁圩，路上遇到别的狗，哪怕个头比它大，哪怕有好几只一齐冲出来，它也从来不会害怕，依旧"我行我素"，步履从容。一条狗害怕不害怕，一眼就能看出来，勇敢的狗面对强敌环伺，尾巴一定是竖着的，像一面旗子，像在示意对方"有种就放马过来"。父亲是买狗的行家，他说一条狗是不是善于打架，一看脖子的毛是不是又粗又蓬松，二看胸部是否开阔，三看狗的鼻翼是否又薄又湿，呼吸时还翕动不止，如果三条都占全了，这样的土狗甚至能上山猎捕野猪。

　　土狗们白天和晚上待客的态度迥然不同。白天它们对客人显得很友善，不叫不吠，但要是来人刚吃过狗肉，就会狂吠不止，仿佛宣布对方是"不受欢迎的人"。尽管表现得这样"不共戴天"，但它们一定会听从主人的命令，并不会贸然扑上去咬人。一到晚上，狗全成了"惊弓之鸟"，只要有一只狗叫，全村的狗都会嚷起来，同仇敌忾，此起彼伏，伴随着主人的呵斥声以及开门关门的声音，黑夜中的山村显得格外寂静和神秘。

虽然"一犬吠形，百犬吠声"，但狗一点也不蠢。它们经常争抢骨头，但如果你扔一根狗骨头，它碰也不会碰，好像知道那是"同胞"的遗骸，丝毫不像贪婪而蠢笨的猪，不管喂什么都"大快朵颐"。而且狗都很有公德——除了"卿卿我我"时有些不知羞耻，且习惯把屎拉在路边的草丛。读小学时，为了让学生保持劳动人民本色，我们每学期每人要给学校捡20斤狗屎，如果是牛屎则要100斤。为了完成这个艰巨的任务，每天清早"天空刚刚露出鱼肚白"——这是作文里经常用的句子，我们就争先恐后地爬起床，沿着村道寻寻觅觅，每次发现一泡藏在沾满晶莹露珠的草丛里的狗屎，就兴奋得像捉到一只蛤蟆。偶尔看到野地里一只颠儿颠儿小跑着的狗停下来，弓着身子努力拉屎，我们就拎着粪箕屎夹，远远地等着，只待它尾巴一收，我们就像狗抢屎一样冲过去。

我曾经差点被狗咬。上初中时要翻过一个山坳，半坡有户孤零零的人家，每次都看到一只大白狗趴在门前的龙眼树下，不哼不哈。有一次星期六放学路过，大家打赌它是一只怕人的"床底狗"。我自告奋勇走上坡，距离100多米时，它一下子站起身，低沉地哼哼着，突然扑下来，几个人惊慌而逃，我连忙蹲下。一般的狗这时候就会停住，以为你捡石头扔它。但那只白狗它爹大概没告诉过它，依旧贴着地，直冲过来。我撒腿就跑，眼看要被追上，慌忙从大路上跳到田里，恰好田埂上插着一根耘田用的棍子，揽过来边舞边退，胆战心惊，直到我们离开差不多一里路，回头还看到那条狗站在那儿冲我们狂吠。

说回我家那条黄狗。那次把它踢下陡坡"重归于好"后，它变得更加"黏人"。我每天放学，它都会扑到身上来亲热；记得那会我刚学会骑自行车，它经常与我比赛，撒开四蹄追赶我。农村管小孩缠人叫"跟尾狗"，真的太形象不过。

但这条黄狗却像几乎所有的土狗一样，最终摆脱不了"香喷喷"肚腹为坟的结局。它以差不多等于父亲一个月工资的价格卖给了进村的"收狗佬"。

现在人们可能无法理解这笔钱对于一个有三个孩子读书、需要举债的家庭的诱惑。记得"收狗佬"用连着一截竹筒的绳套企图套住它时，被它一下子挣脱冲出了大门。我暗暗希望它不要回来，哪怕我再也见不着它。但它能到哪里去呢！如果一条狗不恋家，那就不是一条真正的狗了。晚上，它重新出现在廊阶，而且分明知道大难临头，轮流叼着大人的裤腿呜呜低叫。我悲伤地躲在屋子里，不敢看它再次被"收狗佬"套住脖子。其实父亲比我更难过，但行伍出身的男子汉"君子一言，驷马难追"，让他无法开口取消交易。

直到 40 多年后我写这篇文章，父亲还说起那条黄狗的轶事：有一次跟他趁圩时走失，他骑着车到处寻找，满心以为再也找不回了，却在离家四五公里靠近公路的地方，远远看到它孤零零的身影，撮起嘴唇刚叫一声，黄狗就从几百米外箭一样扑过来。

黄狗不同白狗黑狗，白狗黑狗就是一条寻常的狗，黄狗却是狗中的精灵。唐代诗人潘图秋末空手而归，家人对他冷然相待，只有黄狗欢天喜地迎候他，让他不禁感慨"归来无所利，骨肉亦不喜。黄犬却有情，当门卧摇尾"。秦朝的丞相李斯被腰斩，临刑前想到的是再也不能与儿子一起牵着黄犬在东门猎兔了。[1] 呜呼，生命无常，富贵如霜，人生悔痛，莫过于此！

---

1 司马迁《史记·李斯列传》记载："二世二年七月，具斯五刑，论腰斩咸阳市。斯出狱，与其中子俱执，顾谓其中子曰：'吾欲与若复牵黄犬俱出上蔡东门逐狡兔，岂可得乎！'遂父子相哭，而夷三族。"

雷公养的
"狗"

　　我中学时曾经和一个同学争论过蛇到底有没有脚的问题。我认为有，理由是我们当地有一句俗话：蛇死脚出。我也亲眼看到过捉到的蛇被火烧之后，蛇腹下露出像鸡爪一样的脚。我觉得蛇的脚跟蝌蚪的尾巴差不多，蝌蚪变成青蛙后尾巴就退化了。一般的蛇，脚都退化了，但蜥蜴没退化，所以它的俗名就叫"四脚蛇"。

　　蜥蜴的种类很多，有各种形状，有的像大拇指一样大，有的比筷子大不了多少；颜色也五花八门，有的绿色，有的灰褐色，有的像医院的患者穿着的条纹病服，更神奇的是有的还会变色。

大名"壁虎"的蜥蜴还是人尽皆知的道德卫士，它有一个别名"守宫"，守住女人的"宫户"。过去大户人家给壁虎喂朱砂，杀死后焙干磨成粉末，做成中药里神奇的"守宫砂"，刺破皮肤把它涂在女儿的手臂上，一旦失贞，这个"人工痣"立马就不见踪影。它显然比西方中世纪的贞操裤更为"文明"，也更加自欺欺人。

　　有一种蜥蜴比较特别，经常能在草丛和树木上看到，邪气的是好像坟地里特别多。它的样子灰不溜秋，与其他蜥蜴相比，一点也不起眼，唯一不同寻常的是其红色的脖子，仿佛整天喝醉一样，我们叫它"雷公狗"，顾名思义它是雷公养的宠物狗，就像二郎神的"哮天犬"。

　　狗当然听主人的，所以有一个说法，如果被"雷公狗"咬了，要等到雷公响它才会松口。我经常捉"雷公狗"，没有被它咬过，也记不起有谁被咬过，更没听说过谁被咬了一直等雷公响的事。我捉过的"雷公狗"都很软弱可欺，只知道逃跑，逃不掉就自认倒霉，从来没见它张口咬人。

被"雷公狗"咬着雷响才松口的说法很耸人听闻，我想大半是因为蜥蜴的样子很像传说中的龙，《易经》里说"云从龙，风从虎"，人们认为龙管着风雨雷电，于是把对大自然的敬畏移植到这长相奇特的动物上。一个权威的证据是《全唐诗》里就有一首《蜥蜴求雨歌》，记载有唐代人求雨，用木头制作成蜥蜴，让小孩穿着青衣服，拿着青竹子，边唱边跳：

蜥蜴蜥蜴，

兴云吐雾；

雨若滂沱，

放汝归去。

虽然"雷公狗"有这么强大的"背景"，能"天狗感应"，但我们经常捉"雷公狗"玩，几乎没有人害怕这种玩意，当然这指的是男生，女生不同，她们连一只蟑螂都害怕。有个同学曾经将捉到的"雷公狗"放进一个女同学的书包，被整蛊的同学像一枚火箭从座位上蹦起来，从教室里冲出走廊，像杀猪一样"啊啊"长叫，她脸色发白，浑身发抖，仿佛散架了一样，就差没有像一袋面粉一样歪到地上。我见过有人害怕，但没有见过怕成那样的。

当然我们也有害怕的，比如从来不捉那些浑身光滑、颜色斑斓的蜥蜴。蜥蜴既然是四脚的蛇，大家都像害怕金环蛇、银环蛇等彩色的毒蛇一样，尽量不去惹颜色鲜艳的蜥蜴，只捉样子朴素、貌不惊人的"雷公狗"。要是看到草丛里有一只"雷公狗"，打个不太文雅的比方，我们会像一群狗见到骨头一样扑过去，但往往谁都没有捉到。经常是"雷公狗"被捉住了，还让它跑掉，只剩下一截尾巴捏在手里。

断了尾巴的"雷公狗"一文不值。我们捉"雷公狗"并不是贪玩，是拿到供销社卖，记得才一毛多钱一条。"雷公狗"可以用来泡药酒，但如果尾巴断了

　　它的样子灰不溜秋，与其他蜥蜴相比，一点也不起眼，唯一不同寻常的是其红色的脖子，仿佛整天喝醉一样，我们叫它"雷公狗"。

就成了废品，据说没有功效了。按理这样供销社单收尾巴就行了，因为"雷公狗"的尾巴还会长出来，我甚至觉得可以像养蚕一样养"雷公狗"，剪它的尾巴卖。大人说我讲梦话。那时候有部电影叫《决裂》，每次见到蜥蜴，我就想起《决裂》里那个孙教授摇头晃脑讲"马尾巴功能"。

人对某种触觉和气味的记忆，似乎比对一种物件形状的记忆更深刻。我一直记得抓住"雷公狗"的感觉，它的皮肤生涩，像砂纸一样粗糙。你捏住它的腮，它的嘴巴就不得不张开来，你能看到它嘴巴里头两排细牙齿，估计咬着也不会有多痛，根本不可能像传说中那样不肯松开。

有好几位诗人写到过蜥蜴。宋代的梅尧臣看到薜荔——就是鲁迅在《从百草园到三味书屋》中写的与何首乌藤"缠络着，有着莲房一般的果实"的木莲——写了"植物有薜荔，足物有蜥蜴；固知不同类，亦各善缘壁"。唐朝的李贺写"饵悬春蜥蜴，钩坠小蟾蜍"，蜥蜴居然能用来钓蟾蜍，真让我长知识了。苏东坡心忧天旱民饥，看到墙上的守宫（蝎虎），想到的是蜥蜴求雨，"守宫努力搏苍蝇，明年岁旱当求汝"。

这种小活物入了诗人词客的法眼，说明古人观察细致，不像我们现在日子过得粗拉拉的，对许多东西无感，虽然说中国的传统"不重科学重人文"，但我很久很久以前就知道了"蜥蜴"这一学名。现在很少看到"雷公狗"了，不知道它们是不是已经走上灭绝的道路。

灵魂出窍的
牛

　　我家养过牛，证据之一就是家里有一个牛栏，用圆木做栅栏的那种关不住猫的典型牛栏。虽然我从来没有在牛栏里见过牛，但父亲说过很多他小时候放牛的事，让我十分羡慕，因为放牛可以骑牛。家里有本《古代诗词选》，有一幅彩色插图，一个小孩骑在牛背上吹笛子，旁边有一株柳树，还有两只翩翩飞舞的蝴蝶。大概太想骑牛了，所以对那本小书的插图印象特别深。

　　有一次我实在心痒，七叔放牛时我缠着他，让他托着我屁股爬到牛背上。但一爬上去我就后悔莫及，牛背太宽，我人小腿短根本夹不住，牛走路时背脊一耸一耸，我摇摇晃晃要跌下来，急得大喊大叫让他把我抱下来，差点没尿了裤子。

七叔放的牛是生产队的，都是水牛，我们那地方很少养黄牛。每个生产队一般有五六头水牛，专人放养，农闲时白天赶到山冲[1]吃草，太阳下山时赶回来，正好是我们放学的时候，大家就捡树枝打牛屁股，嘴里"嘘嘘"吆喝着，学大人在田里使牛[2]。牛不时甩一下头，像现在的时髦后生摆"甫士"[3]，有时走着走着就停下来，把粪便噼噼啪啪拉在路中间。

那时候没有什么娱乐，最大的娱乐是看鸡狗打架，要是遇上牛打架，简直就是一道"娱乐大餐"。我们旋风一般从家里跑出去，站在远处看田里水牛"度（duó）角"——村人把牛打架叫作"度角"——

---

1 山冲：山间的平地。
2 使牛：吆喝牛犁田。
3 "甫士"：英文 pose 的方言音译，指姿势、姿态。

一·较牛角的长短。不知道什么原因，一群牛与另一群牛碰到一起，总有一对像前世的冤家，远远地昂着头怒目而视，这边的说："你瞅我？"那边的说："我就瞅你咋的？"两边互不服气，迎面冲过去，噼里啪啦"度"起角来。我们想靠近一些，大人大声呵斥："想死呀你！"我们当然不想死，只好站住不动。两头牛只要"度"过角，下次碰到还会打起来，它们并不懂得"冤家宜解不宜结"的道理。

牛打架危险的不是牛，而是围观的人。牛都很识"时务"，输了的见势不妙就会逃之夭夭。牛跑起来像没头苍蝇，人随时会被踩到或被牛角挑到。所以牛一旦分出胜负，就轮到人开始仓皇出逃，惊呼四散，由不嫌事大的作壁上观者，变成了割须弃袍的曹操。

我曾经被差点被牛角挑到，不过并不是在牛打架现场。有一次坐一个堂兄的单车尾架趁圩回来，经过聿塘村横路的拐弯处，有人在路边放牛。堂兄仗着车技好，直骑过去，那只低头吃草的牛牯突然一甩脑袋，单车一下子冲出路边，跌到刚割过禾的水田里。谢天谢地！牛角正好挑在堂兄抓单车龙头的手臂空档，我们都没有受伤。

牛虽然打架很凶，但大部分时候却很温驯。我留意到，牛走路其实是一顺的。左边前后腿迈出后，才迈右边前后腿，而不是左前右后，右前左后交错而行，显得慢条斯理。

我小时候宗祠已经变成了生产队的牛栏，曾经供奉并祭祀列祖列宗的圣地，搭起两个用稻草堆成的伞状牛棚，散发出刺鼻的牛溲味。这些牛棚既是牛的庇身之所，也是它们过冬的饲料，整个冬天它们都靠仰头扯稻草吃来充饥，稻草会一层层压下来，它们一直都能吃到。

我曾在宗祠的牛棚里见过母牛生小牛。天很冷，还下着毛毛雨，一群人忙着，在离母牛不远处点着一个熊熊火堆，天井砌的灶台架着一大镬¹热水，有人开玩笑，要是生下来活不了就直接炖了吃。马上有人呵斥：不要讲这种衰话！

我记得小牛的脑袋与两只前脚同时出来，像一条布袋扑腾一下掉在稻草垫上，浑身精湿，两眼紧闭，有人拿旧衣服擦去它身上黏糊糊的东西，用一张破棉胎将它盖住，大家忙忙碌碌，小牛不知什么时候睁开了眼睛，趔趔趄趄，双脚叉成"八"字，挣扎了几下，膝盖弯了下去。在我以为它站不起来时，它却一下子企稳²了。它真的太"牛"了，一出生就这么"牛"！须知小孩直到半岁连坐都坐不稳。

我还看过劏³牛。劏牛时我和妹妹从家里跑到生产队部，祖母拦不住我们，叮嘱我们千万记得把手背在身后，意思是告诉牛：不是我不想救你，我的手被绑

———————————

1 镬（huò）：锅。

2 企稳：站稳。

3 劏（tāng）：宰杀。

着，我救不了你。这种自欺欺人挺有意思。

记得那次是劁一头老牛，它被侧身绑在两块门板架成的案台上，铜铃一样的眼睛在流泪，喘着粗气，嘴巴吐着白沫。我们挤在围观者的人缝中背着手。我听到它喃喃自语："我活不成了，你们放过我吧！"劁牛的人把一柄尖刀捅进它的胸口，他把刀拉出来时，血顺着手臂喷出来，把他喷得满头满脸，还溅到周围的人身上。我看到它的灵魂像一个气泡一样，从鼻孔里噗地喷出来，像一团烟一样徐徐升上天国。它果然一点也不怪我和妹妹。

我很奇怪牛为何从来不睡觉，不管是站着还是趴下，都睁着眼睛，嘴巴像电影里嚼口香糖的美国大兵动个不停。父亲说那是牛在反刍，把吞到胃里的草吐出来重新咀嚼。牛有四个胃，但只有下牙没有上牙，原因源自一个传说：

很久很久以前——这种事总是很久以前发生的，

人在田里使牛犁田，有只老虎取笑牛这么大个头，却被小小的人使唤。牛就与老虎打赌：人是世界上最聪明的，你要是被人绑住，也得乖乖听他的。老虎就让人绑了起来，使牛人用鞭子抽得它皮开肉绽，老虎怎么也挣不脱，它身上的斑就是这样来的。牛看到老虎连声求饶，哈哈大笑，不小心从田埂跌到田里，嘴巴杵在地上，把上牙全磕掉了，一代又一代传下来，直到今天它们也没有上牙。

我一直怀疑余华放过牛，他的小说《活着》中，经历了没完没了、无边无际灾难的福贵与一头老牛相依为命，他把他们的交谈写得那么传神。人的确喜欢跟牛说话，牛也喜欢听人说话。人在使牛犁田耙地或者放牛时，都像对人一样夸奖、规劝或训斥牛。牛走歪了，主人就会骂它："没看路，眼睛长在屁股上了？"牛顺嘴偷扯了一把番薯叶，主人的鞭子啪地打过来："叫你嘴馋！"牛表面上无动于衷，实际是沉吟不语，偶尔打个响鼻，表示默许或接受。它挨过那么多鞭子，每天被牛蝇叮咬，烈日当头也好，天寒地冻也好，都无怨无艾地听话干活，既来之则安之，一切都承受、放下，让人自己感到惭愧，闭上嘴巴。

现在农村的牛好像也少了许多，没有了牛，感觉农村少了一半的村味。我无数次坐在火车上，远处的田野无论是碧绿还是萧索，只要看到牛的身影，心里就像有一根绳子拽着，想起小时候在宗祠前的水塘戏水的牛，它们露出脑袋和背脊，不时擤着鼻，喷出一团团水雾。

蝼蛄曾是
儿时宠

　　我一直觉得"蝼蛄"不像是南方的叫法。因为普通话以北方方言为基础，所以很多动物的大名都是北方的叫法，南方大多有音无字。我老家把蝼蛄叫作"孖（mā）狗"——约略就是这两个字吧。

　　有一种"地狗"，跟"孖狗"长得很像，比塘角鱼与黄蜂鱼还像。但"地狗"个头大很多，不在水田里，只在旱地才有。念小学时"勤工俭学"，我们在学校的后山种甘蔗——不是为了收获，只是为了证明"人定胜天"和让学生"保持劳动人民本色"。因为山上太旱，我们要从山脚的河沟里抬水上山浇灌，那些甘蔗像侏儒一样长不大，只有拇指粗细，还常常被白蚁和地狗啃得只剩下一层蔗皮。我们劳动时经常"不务正业"，把水抬上山不浇甘蔗，而拿它来灌地狗洞，半桶水下去，一只肥胖的地狗就会爬出来。

说回蝼蛄。有句著名的俗话：听见蝼蛄叫就不种庄稼了。但我相信不会真的有人因为蝼蛄叫就不种庄稼，除非是个"假农民"，这就跟不会有人怕噎着就不吃饭一样。但这说明在大家的印象中蝼蛄属于害虫。我没有听过蝼蛄叫，说准确些，我应该听过，但不知道是蝼蛄叫的。夏秋季节，夜里各种虫鸣唧唧，或吟或唱，或长吁或短叹，一片天籁，但除了蛙声，我搞不清叫着的到底是什么动物。

古人误把蝼蛄叫当成蚯蚓的声音。蝼蛄与蚯蚓都钻到地下安家，却如前世冤家。蝼蛄喜欢霸占蚯蚓洞，后者却只能逆来顺受，它既"无爪牙之利"，又"无筋骨之强"，对这种以"爪牙之利"为长的侵略者无可奈何。因为蝼蛄"当"了蚯蚓的家，人们误以为是蚯蚓在叫，连唐代的韩愈也上当受骗，写诗说"廉纤晚雨不能晴，池岸草间蚯蚓鸣"。

同样上当的还有与他同时代的顾况和宋代的舒岳祥，一个说"夜夜空阶响，唯余蚯蚓吟"，一个说"蝼蛄擘地走，蚯蚓上阶鸣"。诗人诗兴一发，就不分青红皂白，但搞"自然科学"的也并不比诗人聪明。古代著名科学家李时珍在《本草纲目》中说：蚯蚓"雨则先出，晴则夜鸣"；另一位"科学实验大师"葛洪认为"蚓无口而扬声"，他也许以为蚯蚓能像《天龙八部》中四大恶人之首的段延庆会腹语吧。其实《礼记·月令》中早就有言："蝼蝈鸣，蚯蚓出。"蚯蚓与蝼蛄混居一起，叫的是蝼蛄，不是蚯蚓。

我自己并不觉得蝼蛄是害虫，村里人也没有这样的概念。毕竟蝼蛄不多见，不像蝗虫那样动辄成群结队，"哨聚成群"。什么东西一多就容易成祸害，连钞票也一样。那时候没有"宠物"一说，但蝼蛄实际就是我的宠物。每次捉到蝼蛄我喜欢虚拳将它握在掌心，感觉自己就像如来佛把一只孙大圣攥在手里。蝼蛄的一双爪子非常有力，一下一下拼命拱，却拱不出来，可以想象它要多气急败坏就有多气急败坏。

蝼蛄喜欢躲在潮湿但没有水的地方，借着强有力的爪子，在干涸的稻田里钻出弯弯曲曲的洞。春天农人使牛犁田，晒了一冬满是稻茬的稻田被犁开，经常会从地里把蝼蛄翻出来。

蝼蛄对蚯蚓"鸠占鹊巢"，其实它们更应该"同病相怜"才对，因为它们的命运如此"殊途同归"：都被用作诱饵，只不过一个用来钓鱼，一个用来诱鸟。捉到蝼蛄我们如获至宝，蝼蛄是捕鸟最好的诱饵，甚至可以说我们本来并不想捕鸟，因为捉到了蝼蛄，我们才想到要捕鸟，就像一个人本来并不想上街，只是因为兜里有几文钱，才想到要上街。我小时候没有钓过鱼，但经常用蝼蛄诱捕凶猛的伯劳。

伯劳简直就是成语"鸟为食亡"的注脚，蝼蛄是伯劳的美食，估计也只有遇到美食它才会那么不顾性命。捕鸟的行头很简单：一个用竹子编的鸟扣，连着一根用弹性十足的老箣竹做的柄，弯成一把弓，连着用绳子系着的机关——一节筷子粗的小竹管，别着一只灰褐色的活蝼蛄。只要伯劳一啄蝼蛄，鸟扣就会啪地扣下来。

鸟扣装在伯劳经常停留的地方。举凡凶猛的鸟兽都有很强的"山头意识"，认为"我的地盘我作主"，但没想到会因此惹来"杀身之祸"，所以做人千万不能学它，总想着"占山为王"。在伯劳固定栖息的地方，刨开一小块草地，露出新土，把鸟扣安在那儿，让鸟能一目了然看到那只活蝼蛄：它被草梗别住腰，露着肚皮，两只爪子徒劳地不停挥舞着。伯劳虽然对蝼蛄这种古怪的姿态充满疑惑，但它实在难以抵挡这只肥胖的虫子的诱惑，尖嘴一啄，一道阴影划过，它发现自己已经被扣在罩子里。

蝼蛄作为诱饵，有一个好处，它的生命力特别顽强。一般捕鸟都是前一天下扣，第二天或者第三天才去取回，蝼蛄不吃不喝还会活着，不断地挣扎，吸引着伯劳的注意，忠实地履行着作为诱饵的义务。

蝼蛄昼伏夜出，传说曾经有一只蝼蛄晚上爬出来时，遇到一个叫朱元璋的人。被元朝官兵追赶了三天三夜的朱和尚，逃到一处坟地，在一棵松树底下呼呼大睡，那只蝼蛄爬到脸上弄醒了他。朱元璋生气地抓起蝼蛄将它的头揪了下来，这个时候他听见了踢踢踏踏的追兵脚步。朱和尚又愧疚又感恩，找了一根荆棘把蝼蛄的头和身子接起来放回草丛里，急急忙忙逃走。

那只活过来的蝼蛄繁衍生息，后代的脖子与身子都有一根硬针连着。这故事是我祖父说的。我原先不信，后来捉到蝼蛄一看，果不其然。

你好，
屎壳郎！

　　在各种各样的动物中，其实我最想写一篇关于屎壳郎的文章。我并不觉得描述这种与屎打交道的虫子有低俗之嫌，相反，关注一下这种真正生活在"底层"、有"大自然清道夫"之称的虫子十分必要。从科学的角度，屎壳郎是如假包换的一种益虫，达尔文称赞蚯蚓是"地球土壤的改良师"，其实屎壳郎同样当得起这么崇高的评价。

　　屎壳郎像狗尾巴草一样寻常。如果你在村道上发现一堆牛屎，特别是那些风吹日晒之后，表面有些干巴，明显已经有些时日的，把它扒开，就会看到牛粪下面埋着一个洞，它隐蔽得就像电影《地道战》里锅台下的地道一样，屎壳郎就躲在那里，而且往往有好几只。它们把巢穴安在粪堆下面，俨然隐士一般，既无安全之虞，又确保粮食供给。

在我的印象中，屎壳郎总是与牛粪在一起，狗屎堆里却很少见。狗屎要比牛屎臭 100 倍，所以屎壳郎并不是所谓"逐臭大夫"。据说屎壳郎习惯在晚上出动，夜幕沉沉，月晦星稀，屎壳郎在黑暗中飞翔，如夜鹰掠过，借助灵敏的嗅觉，它们能迅速地找到自己喜欢的食物。

"天下乌鸦一般黑"，其实这句话改为"天下屎壳郎一般黑"更加贴切。不知道是否觉得自己整天与粪便打交道，因为工作肮脏不好意思弄得花枝招展。屎壳郎的身体分为两截，宽大的前身有一排扁齿，像"二师兄"的钉耙，能把粪便分成块。它抱定"做一天屎壳郎滚一天粪球"的念头，兢兢业业，孜孜不倦，生命不息，滚粪不止。

滚粪其实是一种强度很大的劳动。我曾经非常仔细地观察过屎壳郎滚粪，它跟人推车、滚石碓、滚雪球完全不同。屎壳郎先用爪子将粪便反复搓成球状，然后背转身体，眼睛不看路，撅着屁股往后用力，比埋头苦干还坚决。它用后脚推着粪球，所以滚着滚着，被什么东西挡住了也不知道，在那儿白费劲，半天推不动，这才转过身观察地形，然后低下头死拱，把粪球拱出来，调整方向"再接再厉"。如果遇到一处斜坡，粪球骨碌碌滚没了，它就呆在那儿，手足无措，一脸惘然——反正我认为是这样的，我甚至觉得它眼泪都要出来了，就差没哭出声。许多年以后我读到西西弗斯神话，觉得小时候看到推粪球的屎壳郎，简直就是那个周而复始把巨石推上山顶又滚下去的希腊神祇。

　　屎壳郎推粪球是为了储备粮食，它要把卵产在粪球上，供即将出生的宝宝慢慢享用。虽然"主观为自己"，但这种劳动却起到了"客观为社会"的效果，可以说哪里有屎壳郎，哪里的粪便就会被清理得一干二净。

　　许多年以后我读到西西弗斯神话，觉得小时候看到推粪球的屎壳郎，简直就是那个周而复始把巨石推上山顶又滚下去的希腊神祇。

想象一下，夏秋季节，屎壳郎在田野或土路忙碌着，滚动着一团团粪球，那是一种多么如火如荼、奋勇争先的劳动场面，正是成千上万的屎壳郎默默无闻的劳动，我们才能拥有这个还算清洁的地球。据说假如没有这种虫子，南美洲的牛粪、非洲的大象粪便将变得不可收拾，会造成严重的环境问题。

但人类对屎壳郎却充满成见。写这篇文章之前，我查了一下，找到超过200条与屎壳郎有关的歇后语，摘录一些：

屎壳郎钻粪堆——臭味相投；

屎壳郎照镜子——臭美；

屎壳郎推粪球——滚蛋；

屎壳郎推车——臭架势；

屎壳郎谈恋爱——臭味相投；

屎壳郎伸爪——够份（勾粪）儿；

屎壳郎碰上拉稀的——白来一趟；

屎壳郎配臭虫——臭味相投；

屎壳郎爬茅坑——离死（屎）不远；

屎壳郎爬粪堆——找死（屎）；

屎壳郎捏喇叭——臭吹；

屎壳郎落在猪身上——比黑；

屎壳郎聚会——臭一块儿；

屎壳郎进珠宝店——臭宝贝；

屎壳郎滚粪球——拿手；

屎壳郎钻煤堆——黑到家；

屎壳郎掉进面缸里——混淆黑白；

屎壳郎戴口罩——臭干净；

屎壳郎觅食——哪儿臭上哪儿；

屎壳郎打饱嗝——满嘴臭气；

屎壳郎打阿嚏[1]——满嘴喷粪；

屎壳郎搭戏台——臭架子；

屎壳郎吃醋——又酸又臭；

屎壳郎吵架——臭骂；

屎壳郎搽胭脂——臭美；

屎壳郎坐飞机——臭气熏天；

屎壳郎搬家——臭折腾；

---

1 阿嚏：喷嚏。

屎壳郎叫门——臭到家了；

屎壳郎跌粪坑——死（屎）里求生；

屎壳郎打哈欠——臭不可闻；

屎壳郎传宗接代——遗臭万年；

……

　　这些歇后语没有一条是褒义的、赞扬的，是有丝毫感恩的，全部都是揶揄、挖苦、嘲笑，展示着人类的智力优势，以及对这种为人类做出巨大贡献的昆虫刻薄寡恩的排拒。

　　歇后语就是所谓的"俗话"，俗话反映出的是风俗，往深里说，是一种"文化价值观"的折射。屎壳郎占有了人类最为厌恶的两种特征：一是黑，二是脏。但这并不是屎壳郎的错，就跟一个人的出身一样。用屎壳郎骂人是一种"指桑骂槐"，"污名化"了这种为人类做出贡献的虫子。它使我想起《圣经》里的故事，那个按摩西律法要受石刑处死的行淫女人，其实谁也没有资格用石头砸她。

青蛙
纪事

大约八岁还是九岁，反正没到十岁的时候，我经历了一件让我这辈子都觉得是最快乐的事情：我钓到了一只大青蛙，当时欢喜得连钓竿也不要，双手捉住那只"有史以来"见过的最大青蛙跑回家。记得母亲挑着水，正把水往水缸里倒，看到我急急忙忙跑回来，以为发生了什么事，赶紧把水桶放下来。我当时那种激动万分的样子，就像现在一些粉丝得到了偶像的签名。

我是在水井边的鱼塘钓到那只大青蛙的。塘里长满做猪饲料的水葫芦，我放学后要去钓"蛤蚌"——

一种永远长不大、钓来喂鸡的小青蛙，将钓饵在水葫芦中间乱点，就像试竿什么的，完全是无心插柳，突然间感觉沉得不行，像挂住了什么东西。钓蛤蟆不像钓鱼，要一直将竿像蜻蜓点水一样点个不停，让蛤蟆感觉钓饵是一只虫子在跳。

我把竿提起来，居然是一只肚子雪白的"大蛤蟆"——我们把青蛙叫"蛤"，大青蛙叫"蛤蟆"。"蟆"本应该是母的，比如猪蟆、狗蟆、鸡蟆、鸭蟆……无一例外，但举凡是大青蛙，都叫作"蛤蟆"。在白话里"蛤蟆"的字义相当于"运交华盖"，形容一个人异想天开，就说他想"大街上捉蛤蟆"；如果一个人摔跤，从来不说"摔了个狗吃屎"，而是说他"捉了只蛤蟆"。

那时候青蛙真的很多。农村有专门的行当——"捉蛤佬"。农历四五月的夜晚，月色溶溶，"捉蛤佬"背一只大口竹箩，用松明火或手电筒在插了秧的水田里照青蛙。青蛙们在春天的田埂上为爱情引吭高歌，却等来了走向死亡的命运。看来无论是人或动物，爱情都可能是一件致命的事情。

那时候"割资本主义尾巴"，每家每户只准养多少只鸡，多少只鸭，而且不能拿到市场交易，但忘了规定在田里捉多少只蛤。每逢圩日，在罗秀圩街上都有人卖蛤，用稻草把它们扎成一串，盛在装有水的木盆里，与卖青菜、花生、绿豆、黄豆的地摊摆在一起，至于价格，我实在想不起来了。

那时候很少能吃荤，青蛙是经常入嘴的野物。青蛙肉很好吃，据说还特别有营养。青蛙跳得又高又远，国人认为"物近人形"，吃的东西像什么，就会拥有像所吃的东西那样的功能，因为青蛙活蹦乱跳，觉得人吃了青蛙，也像吃牛鞭、狗鞭一样具有"吃乜补乜"[1]的效果，如同青蛙般健壮有力，但他们却忘了，青蛙的舌头是最长的，吃青蛙也有可能变成一个长舌妇。我印象极深的有本叫《一支驳壳枪》的连环

1 "吃乜补乜"：吃什么补什么。乜，什么。

画，老地主的孙子捉青蛙给病了的老地主吃，被两个农民的小孩抢过竹篓将青蛙倒回田里，那个地主孙子叉开腿坐在地上抹眼泪，画得非常生动。

尽管很少有肉吃，但人们吃野物却很挑剔，吃的青蛙一定是正宗的"蛤"：背部青绿光滑，肚子雪白，而不是生活在水塘边的"塘跃"或竹林中的"长足拐"。它们的外形像马、螺子和毛驴一样差别很大。"塘跃"的腿比蛤长，背部黄色或青色。过去男人穿的那种吊肩白汗衫就叫"塘跃衫"，那是一个没有时装的时代最流行的时装，在一个保守的时代能理直气壮、恰到好处地将男性荷尔蒙展示出来。男人穿着下地出工，一个夏天下来，两边肩头、前胸后背印出一件与周边皮肤黑白分明的汗衫，看上去人就像一只"塘跃"。"塘跃"，"长足拐"，包括蟾蜍，应该与青蛙属于同一个"家族"，但浑身疙瘩的蟾蜍是青蛙家族中的异类，人看到了也会浑身起疙瘩。曾经看到网上有人介绍吃蟾蜍，简直不可思议。

　　直到现在，每次在夏天的野外，看到路边茂密的草丛，长得郁郁葱葱的红薯地，或者沟边田坎，我常常不由自主地猜测有没有蛤蟆藏身其中。

我打交道最多的是那种长不大的小青蛙——"蛤蟆"。农村恐怕没有几个人没钓过蛤蟆，钓蛤蟆的情形是我童年关于青蛙最深刻的印记，我可以像法布尔写《昆虫记》一样写一本《蛤蟆记》，包括蛤蟆习惯藏在哪些地方，有什么颜色和形状，喜欢什么时候出来活动。直到现在，每次在夏天的野外，看到路边茂密的草丛，长得郁郁葱葱的红薯地，或者沟边田坎，我常常不由自主地猜测有没有蛤蟆藏身其中。

　　钓蛤蟆有一套专门的行头：用衣袖筒加一个小竹篓缝成的蛤蟆袋；竹子做的钓竿——现在看到公园或房地产楼盘绿化栽种的箭竹，感觉"书到用时方恨少，物到无用才显多"，小时候要找到一根这种又长又直、两头一样粗细的箭竹，简直要踏破铁鞋。钓线一般用的是棉线，尼龙丝虽然不易断，但容易打卷，最好用两根棉丝搓成，足够坚韧又不会打卷。

　　我觉得钓蛤蟆才是我的藏身长技，我能把一只蛤蟆甩到一丈多高，然后漫不经心将从天而降、惊恐万状的它准准地接进巴掌宽袋口的蛤蚌袋。宝剑锋从磨砺出，良医门前死鬼多，我练就这一"技术"则以无数蛤蚌摔落地上作为代价。有一次为了接住蛤蚌，我只顾抬头看天，一脚踩空扑在一蓬荆棘上。在我眼里，现在街头的印度抛饼表演简直是"小儿科"。

蛤蚌也是我见识动物习性的启蒙老师。它们既愚蠢又贪婪。狗绝对不吃狗的骨头，甚至见到前一天吃过狗肉的人，它们也会冲着他狂吠，但钓蛤蚌用的饵就是折断的蛤蚌腿，蛤蚌对这"同胞遗骸"却不加分辨。如果钓起来时没叼稳掉下，再下钓它们也不惊不惧，仍会毫不犹豫地扑过来，丝毫不会吃一堑长一智。基本全是这样，但也有极少数蛤蚌掉下后，你怎么引诱，它也视若无睹，似乎被吓坏了。似乎蛤蚌的智商跟人一样也参差不齐。

作为小时候接触最多的野物，说青蛙伴随着我成长也不为过。村场前的田垌有两口池塘，长年长满浮萍，拨开那些浮萍，会看到无数黑乎乎的大头蝌蚪。

我最喜欢做的，就是把蝌蚪捉到玻璃瓶里，看着它们摆着尾巴游来游去。父亲告诉我，青蛙就是这些小蝌蚪变的。我觉得太过神奇，这么小的蝌蚪居然能变成那么大的蛤蟆，但困惑为什么这么多蝌蚪，却没有看到蛤蟆满地跳呢？我大学毕业后没几年回家，看到那两口池塘已经变成了房子，蝌蚪早已不知何处去。村里人说，现在种田都用农药化肥，别说蝌蚪，连蛤也没得捉了。

　　"稻花香里说丰年，听取蛙声一片"，古人显然知道青蛙是益虫。把青蛙当成人类的朋友，可见古人不仅在诗词歌赋上有着现在无可比拟的辉煌，生态文明的观念也不落今人。青蛙跟狗一样，要是有一只叫，其他的也会跟着叫起来，特别是在炎热的夏季，一场夜雨过后，田野里此起彼伏热闹得像开音乐会。青蛙不仅是庄稼的卫士，更是田野的主人。我一直觉得，蛙声阵阵，萤火点点，炊烟袅袅，犬吠声声，它们是家乡这幅山水画中最浓墨重彩的乡愁，现在却变得越来越黯淡无光。

捉蜻蜓

　　前几天到郊外玩的时候，我捉了一只蜻蜓。捉一只蜻蜓本来没有什么好说的，但蜻蜓现在越来越稀罕了。你回忆一下，你有多久没有见过蜻蜓了？我捉到的那只蜻蜓很漂亮，身体是红色的，有四片黄色透明的翅膀，它停在路边一朵喇叭花上，看上去一副"相得益彰"、美美与共的样子。我伸手轻轻逮住了它。

　　其实这种红蜻蜓是很不容易逮住的。红蜻蜓是蜻蜓中的狐狸，又骄傲又警觉，往往你刚动了要捉的念头它就飞走了。我不知道这一只为什么这么笨。小时候捉红蜻蜓大费周章，我得先找一根长竹竿，用篾条弯一个圈，套在竹竿前头，在屋檐下到处找蜘蛛网，把它缠到圈上，然后用这个粘捕利器捕捉蜻蜓，我们有时还用它捉拿在高高的树上聒噪不止的知了。

蜻蜓有一个俗名叫"塘蟧"（"蟧"字白话不念"痴"，念"离"），顾名思义，它喜欢出现在池塘上。老家的宗祠前面是一个地坪，地坪外头是一口池塘，那里有很多蜻蜓。它们像赶街一样成群纷飞的时候，大家就知道娘不一定会嫁人，但天快要下雨了。地坪上晒着谷子、木薯或花生，人们注意着蜻蜓的动静。它们一点也不比只会说"局部地区有雨"的气象台预报员逊色。

但尽管这样，它们仍成为我们少不更事时的玩物。谁叫蜻蜓那么美丽呢？它被复眼占满的脑袋像宝石一样光滑闪亮，身体纤细，颜色鲜艳，简直就是"多姿多彩"的注脚。爱美之心，人皆有之，所以美丽的东西总是很容易成为玩物，不管是花、鸟还是一些别的动物，这是世界上颠扑不破的一个真理。我们举着缠有蜘蛛网的长竹竿，像鬼子进村一样在池塘边巡行，伺机捕捉各种各样美丽的蜻蜓。捕捉蜻蜓是一件让人快乐的事情，对于大人来说，做残忍的事情是因为缺德，对于小孩则是因为缺心眼。

我们发现蜻蜓停在远离池塘边的某根竹子或树枝上，以前我们可能束手无策，村里有个小孩伸手捉一只蜻蜓，像一只红薯滚到水里，差点没淹死。但有了长竹竿，我们只需把它轻轻伸过去，罩在蜻蜓的脑袋上，越贴越近，待它惊觉过来一飞而起，翅膀扑在蜘蛛网上，它就变成了苏童《黄雀记》里被保润用"民主结、法治结、菠萝结、桃花结"捆住的仙女，怎么挣扎也是白搭。

当然，只有捉红蜻蜓或一种大头蜻蜓才这么费劲。我们把其他的蜻蜓叫"直升机"，把"大头蜻蜓"叫"轰炸机"，"轰炸机"要比"直升机"大上整整一倍，它的身子和尾巴像金环蛇一样黄黑相间。每次捉到一只大头蜻蜓都让我们兴奋不已，我们小心地把它从蜘蛛网上解下来，蜻蜓的翅膀是透明的，布满纹路。透明是"无"中生"有"，无形寓于有形，所以人们都喜欢透明的东西，不过想到要是街上一个个看得见五脏六腑的透明人走来走去，也挺恐怖的。我捏着蜻蜓美丽的透明翅膀，感觉它在愤怒而徒劳地挣扎，身体像发动机一样一阵阵震颤。它不甘心落网的命运。

跟人一样，蜻蜓也有聪明和愚笨之分。有一种绿色蜻蜓，称不上漂亮，也不好说不漂亮，普通得就像蜻蜓中的"吃瓜群众"。要捉住它简直信手拈来。你要见到一只这样的蜻蜓，只需蹑手蹑脚走近，用食指指着它，轻轻地画着圈，嘴里念念有词："蜻蜓莫飞，蜻蜓莫飞"，它就像中了孙悟空的定身法。你的手指伸到离它一尺的时候，它一动不动；伸到离它只有一拃时它还一动不动；你用拇指和食指像夹子一样捻住它的尾巴，它才像梦中惊醒一样拼命挣扎，扑棱着翅膀，要逃离你的魔爪，可惜为时已晚。

　　红蜻蜓是蜻蜓中的狐狸，又骄傲又警觉，往往你刚动了要捉的念头它就飞走了。

我们捉到蜻蜓，是要做一件残忍的事情：用松针插在它的尾巴上，然后再把它放飞。别人放纸飞机，我们放的是"真飞机"，它不会转半圈一圈就坠下来，而会拖着长长的尾巴越飞越高，飞到屋檐，飞过屋顶，没入一片刺眼的白光中。我现在也不知道那些蜻蜓最后是不是因此死掉，更不知道它们对被这样整蛊，临死前是否怀着对人类的刻骨仇恨。阿弥陀佛，请原谅我们小时候的淘气！

蜻蜓可能是蟋蟀之外，古人写诗最多的一种活物，杜甫、李商隐、范成大、刘禹锡等著名诗人都写过蜻蜓诗。杨万里的诗说："小荷才露尖尖角，早有蜻蜓立上头。"没有蜻蜓的小荷就是一枝荷，有了蜻蜓的小荷才是一幅画、一道景，难道不是吗？我甚至觉得蜻蜓的样子极像翘着羊角发束的小女孩，既天真又伶俐。可惜蜻蜓真的是越来越少了，以后读古人的这些诗，也许要配上图谱，下面标注："这是一种以前常见的昆虫，喜欢在池塘水面活动，人们常常把它当成爱情或女性美的象征。已灭绝。"

获得诗人普遍赞美的蜻蜓，却在普通人那儿遭遇极大不公，被当成敷衍塞责的象征。一个人做事不认真、不踏实，往往被形容为"蜻蜓点水"。须知蜻蜓点水并不是无所事事，而是在产卵。它像直升机悬停在水面上，尾巴一点一点，不时掉转方向，或转移地点，水面映出它们轻盈飞翔的身影。对于这项繁育后代的枯燥劳动，它们是那样一丝不苟，表现出快乐工作的样子，哪里有一丝一毫的敷衍塞责呢？

人人一颗
蝼蚁心

　　我小时候会背很多农谚。按说这没有道理，我虽然长在农村，但没有真正干过农活，因为父母是在农村任教的"公办教师"，我家也没有田地。这种处境让我经常有一种像蜘蛛悬在屋檐下的感觉。我喜欢农谚是因为父亲讲三国，诸葛亮知道三日内必有大雾，用草船"借"了曹操十万支箭。父亲说很多人都认为诸葛亮神机妙算，上知天时，其实很多动物就有预知天气的本事，蚂蚁在下雨前就懂得急忙搬家筑窦。

"蚂蚁筑窦有水落"，这是我最早知道的农谚，老家把"下雨"叫作"落水"。后来还知道像"蜻蜓低飞有水落""燕子低飞有水落"，等等；要是傍晚看到蚯蚓钻出洞在路上乱爬，八成也会下雨，因为"蚯蚓出洞有水落"。

知道蚂蚁能预报天气阴晴后，我特别留心这种小动物。我家老屋里有个小天井，如果看到天井边的墙缝出现成排的蚂蚁，我就知道天一定快下雨了。那是一种很小的黄蚁，特别可恶，生生不息，又不知从何而来，它们经过的"路"上有很多土粒，堆成一条泥垄。家里住的老房子早已摇摇欲坠，大人说这房子有一天会被蚂蚁蛀空的。我担心某一天半夜飘泼大雨，房子就会倒下来，所以虽然知道它们能预报天气，但每次看到络绎而行的黄蚂蚁，我就点竹绞[1]烧死它们，但黄蚂蚁总是前仆后继，再接再厉，过一阵又会卷土重来。

---

1 竹绞：篾条剥掉篾皮剩下的另一半，将其浸泡后晒干可用来点火照明。

村人批评小孩不专心读书，便挖苦他们去学校"看蚂蚁打架"，把蚂蚁打架当成无聊的事。我经常看蚂蚁，并没有见过它们打架，相反它们都很团结。几只蚂蚁搬一粒米饭或一根菜梗，有的在前头拽，有的在后头推，都会朝着一个方向用力。有一次我将一只死蟑螂丢在它们前进的道路上，很快围了一堆蚂蚁，从四面八方咬着蟑螂的脑袋和须腿，却怎么也搬不动，但它们似乎很快知道是怎么回事，一阵忙忙碌碌的换位奔跑后，蟑螂很快就朝着一个方向挪动了。

我不知道是谁在指挥调度。一支蚂蚁队伍里总会有几只军官状的大蚂蚁，有的比普通蚂蚁稍大，有的大三四倍。我分别"任命"它们为"排长"、"团长"和"司令"。我曾经故意将一只"列兵"捻死在路上，另外的蚂蚁经过时，大概是被"血肉模糊"的惨状吓住，东瞄瞄，西看看，停下来沉吟片刻，然后从旁边绕了过去，后续的蚂蚁很快就沿着这条新开辟的道路前进。甚至有一次我捻死了一只肥硕的"司令"，它们也如法炮制，并没有出现"乱了阵脚"之类的情况。

我经常做蚂蚁的恶作剧。读小学四年级时，校门口的山坡有一片桉树，地面是寸草不生的红土，独行侠一样的大黑蚁爬来爬去。我将木棍横在它前面，等它爬上去后将棍子拿起来，捉住两头在手里换来换去，大黑蚁来回奔跑，始终不肯停下来想想有什么"蹊跷"。它的体力实在太充沛了。其实它就纵身跳下来掉到地上也不会有什么事，蚂蚁毕竟是蚂蚁，不像人懂得有时就要置之死地而后生。

我最喜欢玩的游戏，是"热锅上的蚂蚁"。我很小就会用柴火煮饭，每次发现饭锅上有蚂蚁，我都会不厌其烦地在锅里添水烧火，看着它们从锅肚里爬到盖子上，慌不择路跑来跑去。我仿佛听到它们狂呼小叫，逃无可逃，最后一个个倒毙在越来越热的盖子上。这时候要是被祖母撞见，她一定要责骂我，并谆谆教导我，孔夫子走路不踩死蚂蚁——我没有查到孔夫子有这种"善行"，只知道残暴的雍正皇帝倒是"与人同行，从不以足履其头影，亦从不践踏虫蚁"[1]。祖母有一句口头禅：蝼蚁尚惜命。我不知道目不识丁的她怎么知道这么文绉绉的话。

苏东坡小时候大概也玩过捉弄蚂蚁的游戏。他刚流放到海南时，看着天海茫茫，无边无际，百感交集，悲从中来，叹息什么时候才能离开这个鬼地方。随后想到，天地都在水里，九州就在海里，中国也在四海里，哪个生下来都是在一个"岛"上。他想到自己的处境，就像一只蚂蚁，有人将一盆水倒在地上，一只蚂蚁趴在一片草叶上，万念俱灰，不

---

1 详见清代张廷玉之《澄怀园语》："世宗宪皇帝时，廷玉日值内廷，上进膳，常承命侍食。见上于饭颗饼屑，未尝弃置纤毫。每燕见臣工，必以珍惜五谷、暴殄天物为戒。又尝语廷玉曰：'朕在藩邸时，与人同行，从不以足履其头影，亦从不践踏虫蚁。'世宗之恭俭仁慈、谨小慎微如是。"

知道会漂到何处，以后死无葬身之地。过一会水干了，蚂蚁见到同类，哭着说："我差点再也见不到你了！"[1]

苏东坡记下自己的心迹时说，"念此可以一笑"。他一生颠沛流离，仍能保持一种豁达心态，跟视人生如逆旅，百年若过客，对自己身如蝼蚁有一份深刻的自我认知不无关系。

关于蚂蚁最有名的自然是"南柯太守"的故事。一个叫淳于棼的"游侠之士"在大槐树下休息时，居然当上了大槐安国的南柯太守，国王把小公主嫁给他，为官20年，生活十分幸福。后来檀罗国进攻南

---

1 宋代苏轼《在儋耳书》曰："吾始至南海，环视天水无际，凄然伤之曰：'何时得出此岛耶？'已而思之：天地在积水之中，九州在大瀛海中，中国在四海之中，有生孰不在岛者？覆盆水于地，芥浮于水，蚁附于芥，茫然不知所济。少焉水涸，蚁即径去；见其类，出涕曰：'几不复与子相见。'岂知俯仰之间，有方轨八达之路乎？念此可以一笑。"

柯郡，他防守不力被国王逐出，醒来才知道是一场大梦，大槐安国不过是老槐树下的蚂蚁窝。

自古至今，平头百姓、升斗小民都喜欢用"蚁民"自况，感觉自己微不足道，无能为力，随波逐流。南柯太守这种人生如梦的调调，与这种普遍的自我认知特别契合。金朝遗民元好问有一首《杂著》：

> 昨日东周今日秦，
> 咸阳烟火洛阳尘。
> 百年蚁穴蜂衙里，
> 笑煞昆仑顶上人。

诗很好理解：昨日还是东周的天下，今日主人换成了秦人，秦人的咸阳付之一炬，洛阳也早变成一片尘土；它们就像营营百年的蚁穴蜂巢，千般计较，万般争逐，岂不笑煞昆仑山顶上的仙人。

正所谓——

多少人间事，

青山笑眼看。

蚁虫常惜命，

大梦有槐安。

少年
见雀喜

　　春天来了！麻雀翅膀驮着春天飞来，它们在屋顶上叽叽喳喳，互相撕打，羽毛纷飞；像黄褐色的球在黑色的瓦面上滚来滚去。冬天看不到麻雀的影子，小时候对春天最深的印象，是屋顶上打架的麻雀，而不只是莺飞草长，或者野猫叫春，"猪郎公"赶着长腿公猪串村配种。

　　麻雀是我最熟悉的鸟，熟悉得就像家里养的鸡。"何当击凡鸟，毛血洒平芜"，麻雀大概就是杜甫诗里被老鹰击杀的凡鸟。但这种凡鸟似乎挺有骨气，很难豢养。人们与生俱来都喜欢饲养这样那样的小动物，最常见就是养鸟和养鱼。鹰击长空，鱼翔浅底，把长翅膀的鸟或能在水里悠游的鱼弄到笼子或水缸里，我不知道这是出于对自由的嫉妒还是向往。

我家里养过鹧鸪、斑鸠，好像还养过一只"八哥"，它们该吃就吃，该喝就喝，似乎不觉得有自由跟没自由有什么两样，唯一特殊的是曾经捉到的一只麻雀，关在笼子里不吃不喝两天就"挂"了。父亲说世界上越懒的动物越易养，像麻雀这类勤快的动物一般都养不熟，一关就死，一放就飞。这话甚至影响到我长大以后的世界观，让我"推鸟及人"地想到自由与养尊处优不可兼得，还联想到有一类被称作"金丝雀"的女性。

我家的走廊对着宗祠的屋脊，经常趴着成排的麻雀，在那儿晒太阳，啄羽毛，互相争吵打闹，或者大秀恩爱，唧唧咕咕，一只给另一只啄理羽毛，深情得不像两只麻雀，而是一对鸳鸯。如果有什么动静，比如一只猫悄悄爬上屋顶，它们就扑棱棱飞起来，逃跑中却不忘拉几泡鸟粪。从天而降的鸟粪有时落在人的脑袋上，"中招"者视其为倒霉之兆，脱口说一声"大吉利是"，却无可奈何。

要捉住麻雀谈何容易！它们虽然像燕子一样喜欢傍人居住，因此有的地方叫它们"家雀"，但它们十分警觉，或者说是胆小，不在厅堂或屋檐下筑巢，而是把窝搭在屋顶的瓦道或墙洞里，十分隐蔽又高高在上，每天忙忙碌碌进出，比蜜蜂还勤劳。

那时候麻雀可真叫多，它们成群结队，经常打着旋从人们头顶上掠过。特别是稻谷成熟的时候，麻雀们像一块飞毯在稻田上飘来飘去，村民敲着谷桶想把它们吓跑。田野里每隔不远就有一个稻草人，为了更加逼真，村民给稻草人套上旧衣服，袖子在风中摆来摆去，但麻雀们好像看透了这种"骗鸟"的伎俩，在稻草人旁边大大方方觅食，甚至停在稻草人头上拉屎。

用弹弓打麻雀是小时候"尚武精神"的集中体现，我像大部分的男孩一样酷爱这种游戏。我有过好几把弹弓，有用现成的树杈做的，有用铁丝掰的，还有用茶树或荔枝木削成的。特别是用荔枝木削的那把弹弓，手柄缠着彩色的胶丝，既轻巧又漂亮。皮筋既不是扎头发的橡皮圈，也不是报废的单车内胎，而是打气用的气芯，不易断裂，弹性又好。打麻雀的"子弹"也是专门"制造"的：用"黄鳝泥"捏成手指头大小，在太阳底下晒干，掉在石板上能像玻璃珠一样弹起来。鸟要是被这种弹丸射中，脑袋都能打掉。

　　可惜我几乎一次也没有射中过麻雀。我衣兜里装着弹丸，手里拎着手柄缠着彩色胶丝的弹弓，全副武装，目光炯炯，杀气腾腾，四处逡巡，其实只是虚张声势。我很佩服我的一位初中同学，他虽然是个左撇子，却是个"神枪手"，他有一次用我的弹弓，在二十多米外将停在苦楝树上的一只"长尾蛆"[1]打下

---

1 "长尾蛆"：一种长尾的小鸟。

来，让我深深体会到真的如伟人所言，武器不是决定战争成败的主要因素，决定性因素是人不是物。

我把宗祠屋脊上的麻雀当成目标，希望有朝一日总能射中一只。只要不去上学，我就躲在走廊头，窥视着麻雀停落，伺机射击。但我与其说在打鸟，不如说是吓鸟，从麻雀身边嗖嗖而过毫无准头的弹丸，让它们意识到此处非久留之地。到了后来，只要我的身影出现在走廊，屋脊上的麻雀就害怕得像小鸡见到老鹰一样，惨叫着逃之夭夭，我严重怀疑麻雀具有像狗一样认人的能力。

株守不成，我只好转移阵地，四处寻觅着麻雀们的落脚之处。飞鸟投林，大群的麻雀经常停落在竹林或枝繁叶茂的树上，闹哄哄像饭堂开伙。我冲着鸟声喧嚣处胡乱射击，弹丸穿林而过，簌簌作响，落叶纷纷，大群的鸟顾头不顾腚地惊飞而起，简直比射中了还要过瘾。

　　我家的走廊对着宗祠的屋脊，经常趴着成排的麻雀，在那儿晒太阳，啄羽毛，互相争吵打闹，或者大秀恩爱。

我曾经试图活捉过麻雀。农历六月，生产队晾晒稻谷的地坪成为麻雀们的"集体食堂"，我用棍子撑着簸箕，躲在远处拉住拴着木棍的绳子，嘴里念念有词，祈愿麻雀们钻到簸箕底下，一下子将它们扣在里头。但我一次也没有得逞，它们似乎识破了那是一个要命的机关。麻雀们的确很狡猾，它们发现同伴吃了浸过"六六六粉"的谷种死于非命，其他的麻雀也疑神疑鬼不再靠近。

　　好在它们总是会留下可乘之机。有一天我在守候屋脊上的麻雀时，无意中发现屋檐垂着几根稻草。世上没有无缘无故的爱，屋檐不会无缘无故挂着稻草。天暗下来的时候，我搬来两架绑在一起的长梯搭到屋檐下，爬上去用手探进一个瓦道，手指触到了毛茸茸的一团。除了当场逮住一只麻雀，我在窝里还发现了几枚布满褐色斑点的鸟蛋。

　　我捉住麻雀的脚，落网的麻雀疯狂扇着翅膀，不停地啄着我的手，却一点也不痛。它的尖喙漆黑，羽毛栗色，左右脸颊各有一块黑斑，称不上漂亮，也绝不丑陋。我把它放进鸟笼里，它却拒绝进食，对盛在罐子里的稻谷和水视若无睹，人一走近就扑棱棱乱碰乱撞。第三天早上，我发现它一动不动躺在鸟笼里，不知什么时候已一命呜呼。

在我出生之前若干年，麻雀经历过一场大劫难。大人经常津津乐道说起当时敲锣打鼓放鞭炮、张网捉麻雀的情形。那些躲在树上、屋顶上和山壁土洞里的麻雀成了过街老鼠，无处藏身。好在这场"战事"很快就宣告结束，麻雀也得到平反昭雪，被从"四害"名单中剔了出来。

麻雀太过杂食，不分荤素，处于多条生物链之中。据说它已被列入了《世界自然保护联盟》，在中国也被列为二级保护动物。记得有一年在匈牙利首都布达佩斯入住的酒店天台，几只麻雀飞过来落在我旁边，有一只甚至停在我的肩上，啄食我喂给它的面包。它们与我小时候见到的麻雀长得一模一样，让我一下子想起曾经把它们吓得失魂落魄的情形。我心里滑过一个念头：不知道它们与中国的麻雀是不是同一个品种，要是遇到，是不是也像人一样，要通过翻译才能听懂彼此的语言？

忽然想到，人与自然的和谐，首先应该是人与鸟的和谐。也许，当世界充满傻乎乎不怕人的鸟，这个世界才算编织成一幅众生和谐的图景。

十月蟋蟀
入我床下

清朝蒲松龄的《聊斋志异》中有篇《促织》：一个叫"成名"的秀才捉到一只进贡的蟋蟀，被儿子弄断了腿，儿子怕被父亲责骂跳了水井，灵魂出窍变成一只蟋蟀，斗败了所有的蟋蟀，甚至能叮住鸡冠使公鸡惨叫求饶，赢得"酷好促织之戏"的宣德皇帝欢心，一家人否极泰来，"从此过上了幸福的生活"。

父亲上课时给学生讲的这个故事，并没有让我们对封建时代剥削阶级残酷压榨劳苦大众、过着骄奢淫逸的生活有太多感受，而是惊讶这种小虫居然有这么高的道行，原以为斗蟋蟀只是小孩"过家家"，竟连皇帝也喜欢。

我原先一直把"灶公鸡"当成蟋蟀，在厨房里东寻西找。父亲看到我捉到的"蟋蟀"，哈哈大笑，告诉我蟋蟀是在野外生活的。直到读大学，我才知道父亲说的也不全对，屋里也有蟋蟀的。《诗经》里说：

> 七月在野，八月在宇，九月在户，十月蟋蟀入我床下。

这有两种可能，一种是古人像我一样，把灶公鸡也当成了蟋蟀；一种是古人住的屋子，是草棚之类，蟋蟀偷偷进来钻到了床底下。

我父亲是一个通才，也是个"老顽童"，童年有趣的东西他几乎都玩过。最"另类"的是他从南京步兵学校毕业，先转业后复员回到老家，居然还去钓蛤蟆。父亲称得上鉴定蟋蟀的行家，而且所有的知识都源自实践。他小时候到罗秀圩趁圩看人斗蟋蟀，从中知道蟋蟀的种种门道。

父亲的"蟋蟀经"简单实用：蟋蟀要先看体型，善于打架的蟋蟀都是方形身体，背部的花纹有光泽，看上去闪闪发亮，就像《三国演义》里的"黄蜂腰"马超，一看样子就知道孔武有力；二看颜色，俗话说，"白不如黑，黑不如赤，赤不如黄"，最厉害是红色或黄色的蟋蟀，牙齿像人的龅牙一样；三听声音，打架厉害的蟋蟀声音圆润硬朗，所谓的"有金属声"——不知道是不是像《红灯记》里李玉和"洪钟般的声音"；此外，"出身"也很重要，蟋蟀生活的环境很关键，在石洞里的蟋蟀远比在草堆或泥洞里的能打，如果能在石洞里捉到一只与蜈蚣在一起的，谢天谢地！它将天下无敌。

父亲的这套"蟋蟀经"，缘于好学不倦，还与自己的惨痛教训有关。他在罗秀圩看到，斗赢蟋蟀的人居然当场把一担谷挑回家，觉得这是一条生财之道。

放牛的时候，捉蟋蟀成为必做的功课。有一天傍晚，在家里堆放粮食、什物的禾堂的草堆，听到"有金属声"般的蟋蟀叫，循声找到一个石头洞，刚好可以伸进去一个拳头，他不假思索地把手探进去，一条严阵以待的蜈蚣一口咬住他的中指。十指连心，痛得父亲差点没把中指剁掉。束手无策的祖母捧着父亲像发面一样肿起来的手指，心里火急火燎；祖父却威严淡定："看你还顽不顽，这回要命了吧！"

我猜想那只没有被父亲捉到的蟋蟀，一定跟《促织》里成名儿子变的那只差不多。藏身在石洞里，而且与一条蜈蚣住在一起，斗起来一定会所向披靡，战无不胜。甚至能像书里那只一样，扑到公鸡头上，叮住鸡冠让公鸡求饶。成名因为儿子化身的蟋蟀，得到皇帝奖赏的金银财宝、绫罗绸缎，父亲要是捉到那只蟋蟀到罗秀圩比赛，一定能赢回来一担稻谷。

父亲说捉蟋蟀一般在每年黑脚粟熟的时候。为了捉蟋蟀，我秋天放学或者星期天跟着祖母挖番薯、收花生时，常常不务正业。满头白发的祖母像愚公一样挖山不止，在松木山和垭塘岗一锄一锹开挖平整了好几块坡地，轮种番薯、花生和豆角，这成为我学习农活的课堂。但我并没有专心学艺，祖母在一边汗流浃背地干活，我却到处捉蟋蟀，这种情形充分暴露出我小时候的"纨绔习气"。但祖母并没有责怪我，看到锄头落处有蟋蟀跳出来，就喊我快捉住，但我将蟋蟀捂在手里，往往大失所望，它们十有八九是母的。我转而在土壁的裂缝和洞里寻找，用草梗将躲在里头的蟋蟀驱赶出来，但同样极少看到公蟋蟀。

蟋蟀的公母比男人女人还容易辨别：公蟋蟀方头，个大，翅膀纹路粗糙，皱巴巴的；而母的个头小，翅膀光滑，尾巴拖着一根长"刺"，蟋蟀交配时母的趴到公的背上，像"大人背仔"。当然最直接的区别是声音，只有公蟋蟀才会叫，因此循着声音捉到的都是公的。

公的蟋蟀喜欢打架，父亲给我做了一个蟋蟀笼，四四方方，一块小木板做底板，四周用修得光滑的竹签做成栅栏，其中一面留了个小门，像一个袖珍鸟笼，我把捉到的两只公蟋蟀放进笼子里，它们果然如仇人相见，分外眼红，恨不得一口把对方吃掉。

我见过公鸡打架，麻雀打架，狗打架，牛打架，蟋蟀打架别有特色。它们格斗前像两名拳击手摩拳擦掌，翅膀一炸一炸不停地抖动。我猜一来是为了给自己壮胆，二来是为了恫吓对方。那两只蟋蟀，一只叫"曹操"，一只叫"刘备"，它们不停地转着身体，寻找有利位置。"曹操"突然跳起身，"刘备"也腾空而起。双方不停地跳起落下，落下跳起，不像打架，倒像是比赛谁跳得高。扑在一起时，互相撕咬一阵，再各自退开。几个回合之后，"刘备"垂头丧气地退到一边，"曹操"则振动翅膀，欢叫不已，一副舍我其谁、顾盼自雄的样子，像在向主人报捷。

蟋蟀打架出于大多数动物的本性：争风吃醋，

"交恶皆因争异性，不惜搏斗逞英雄"。父亲说小时候捉蟋蟀，一个洞里有的只有一公一母，有时则是一公数母，"一夫多妻"的似乎比"一夫一妻"的更耐打。但蟋蟀打架很有君子之风，虽然角斗非常激烈，但很少致命，失败的一方躲到一边，得胜的一方就会停止进攻，不像公鸡打架，输的逃之夭夭，赢的还"宜将剩勇追穷寇"。蟋蟀们似乎深得宋襄公"不重伤，不擒二毛"的真传。

喜欢看动物打架，是人类的本性之一。所以现在一些地方还保留着斗鸡、斗狗、斗马、斗牛的游戏。几年前回老家，村人告诉我罗秀圩重新搞斗蟋蟀比赛，组织者的说法是它和钓鱼、种花、养鸟一样，是一种"民俗文化"，可以陶冶性情。我不觉得农民斗蟋蟀娱乐一下有什么错，但也不必把蟋蟀打架与陶冶性情扯到一块，阿Q想和吴妈困觉，只是出于食色的本性，不要说他表达了穷苦人民之间的朴素感情。相反，这种娱乐在农村极易演变成赌博。正如蒲松龄借蟋蟀讽喻皇帝时所说："天子一跬步，皆关民命，不可忽也。"

蟋蟀的寿命不过百日左右，斗蟋蟀都在秋天。宋代有个诗人写过一首斗蟋蟀诗：

> 不从草际伴啼螀，偏逐西风入我床。
>
> 心事甚如愁欲诉，秋吟直与夜俱长。
>
> 一年时节虫声早，半树梧桐月影凉。
>
> 忆得重胡衰柳下，健儿笼汝斗斜阳。

秋风乍起，叶黄欲落，气象萧索，蟋蟀的叫声入耳入心。这些大自然的精灵，在秋风乍起的清寂中，在自己生命黄昏将至之际，奉献给人们快乐，真有一些"桑榆虽晚，为霞满天"的情怀。有人玩物丧志甚至丧国，这并不是蟋蟀们的错。从某个角度，喜欢斗蟋蟀的明宣宗朱瞻基其实称得上有为之君，与其父亲统治时期一并，史称"仁宣之治"。现在一些地方斗蟋蟀蔚然成风，一只蟋蟀据说最贵可以换一辆汽车，有人为此一夜暴富，有人为此倾家荡产。鲁迅的百草园中，"油蛉在这里低唱，蟋蟀们在这里弹琴"，不知道在蟋蟀的吟唱中，有没有南宋时"万金之资付于一啄"的旧时戏码？

蟋蟀是诗人喜欢的小虫。农耕社会人们亲近自然，敏感于季节变换的物候变化，蟋蟀别名"促织"，提醒人们秋风已起，寒冬将至，记得织衣御寒，触动离人心事、诗人情愫。"回云随去雁，寒露滴鸣蛩"，"暮雨生寒，鸣蛩劝织，深阁时闻裁剪"。写蟋蟀诗最"另类"的是鲁迅，夜里在野地散步，听到蟋蟀在野菊花下鸣叫，美景如斯，诗兴勃发，一下子冒出两句："野菊性官下，鸣蛩在悬肘"，翻译过来就是：在野菊花的生殖器下，蟋蟀正在吊膀子。这位伟大作家无伤大雅的"不正经"偶尔一露峥嵘，透露出性格的幽默和敦厚。

最著名的蟋蟀诗要算《诗经》中的这一首：

> 蟋蟀在堂，岁聿其莫。今我不乐，日月其除。
> 无已大康，职思其居。好乐无荒，良士瞿瞿。
> 蟋蟀在堂，岁聿其逝。今我不乐，日月其迈。

无已大康，职思其外。好乐无荒，良士蹶蹶。

蟋蟀在堂，役车其休。今我不乐，日月其慆。

无已大康，职思其忧。好乐无荒，良士休休。

翻译过来就是：

蟋蟀在厅堂，一年快过完。如果我不寻欢作乐，流逝好时光。

不能太贪玩，家里还得忙。玩得别太嗨，靓仔理应当。

蟋蟀在厅堂，一年弹指间。如果我不寻欢作乐，时光像穿梭。

不能太贪玩，外头还得忙。玩得别太嗨，靓仔要争光。

蟋蟀在厅堂，车子要保养。如果我不寻欢作乐，时光追不上。

不能太贪玩，记得有远忧。玩得别太嗨，靓仔志气昂。

一个青年后生听到蟋蟀在堂屋里唧唧鸣叫，心乱如麻，想到光阴如水，日月如梭，又是一年过去，家里家外还有很多事要忙，自己跟自己发下毒誓，我不能太贪玩了，要打起精神做正事。蟋蟀在古人那儿，不仅不是丧志之物，相反还成了自警自勉、充满正能量的励志精灵。

塘角
有条鱼

　　塘角鱼很低调。顾名思义，它栖身在水塘的角落。我的经验也证明了这一点。我家前面有口水井，水井前面是口池塘，池塘用木头和石头做成护堤。每年农历七月十四或年三十放水捉鱼，捉完那些养殖的草鱼、鲤鱼、鲩鱼之后，人们就在泥淖里和那些木头和石头的角落摸索。捉到最多的就是塘角鱼，还有一次有人捉到一条像蛇一样粗的大黄鳝。

　　那些塘角鱼像少年时的忧郁"来历不明"。不过似乎塘角鱼从来都是来历不明的，知道它们向何而去，不知道它们从何而来。你家的下水道里可能某一

　　那些塘角鱼像少年时的忧郁"来历不明"。不过似乎塘角鱼从来都是来历不明的，知道它们向何而去，不知道它们从何而来。

日会忽然钻出两条，隔壁家的厕所里可能也有，最神奇的是，我曾经听说有人在自家楼顶的水柜里发现过两条，而一家人指天发誓谁也没有放过鱼。看过某电视台一期科学节目：有户人家的五层楼房半夜经常发出怪响，声音还跑来跑去，当地人把那幢楼叫作"鬼楼"，已经换过五任主人。怪响惊动了各方专家，探雷一样动用了各种仪器，也不明究竟。最后主人两兄弟把化粪池的盖子掀开，在里头发现了两条大塘角鱼。

那期节目镜头晦暗，鬼气阴森，充满"不明觉厉"的气氛，谜底揭开时感觉在"逗你玩"，科学节目做得这么有戏剧性，让我瞠目而无语。塘角鱼把那么黑暗而肮脏的地方当作乐土，甘之如饴，说明它们的生存能力不一般。荷花是"出淤泥而不染"，塘角鱼是"处污池而犹欢"，颇有青出于蓝的气概，却得不到荷花那样的赞美。

塘角鱼样子奇特，扁脑袋，宽嘴巴，每边都有一绺胡子和一只角。祖母说塘角鱼的头是被牛踩扁的，我有个同学因为头扁，得了个绰号就叫"塘角鱼"。据说"很久很久以前"，牛在田里被主人抽鞭子驱赶耕地，塘角鱼在一边唱起了歌：

六月炎炎日头高，

犁耙木棍在田头，

大大牛牯人儿使，

问你识羞唔识羞。

任劳任怨的牛终于忍受不了，上前一脚踩扁了它的脑袋。

塘角鱼让我有过惨痛的教训。有一次七叔捉到一条塘角鱼，从塘里丢到塘塍上。我急急忙忙将好像装了弹簧一样的塘角鱼按住，手心一麻，不料中了它的"暗器"，被它的"角"扎到右手掌肉嘟嘟的地方，疼倒还好，只是"腌竹笋炒胡椒——酸加麻"。我忍着疼，把塘角鱼拎回家，洗干净放到锅里时手指还弯曲不了。我"满腔仇恨"地把它烹了。塘角鱼的汤跟其他鱼的汤不同，不仅不腻，相反十分清甜。

塘角鱼除了生活在塘里，水田里也不少。它们一般都藏在田水出口处的草丛里，或者躲在田塍的洞里。春天的时候，田刚犁开浸上水，尚未耙过，看到某个牛脚窝水色浑浊，里头往往会有塘角鱼。按照七叔教给我的这个经验，我不止一次捉到过，不过牛脚窝里的塘角鱼都不大，身体有一种奇怪的淡紫色。

搞坏塘角鱼名声的是一种外来物种，原产尼罗河，就是那部著名侦探小说《尼罗河上的惨案》的发案地。产自尼罗河的埃及塘角鱼好像是和"福寿螺"差不多同一时期进入我国的，在稻田里放养的福寿螺因为咬断禾苗，很快受到了唾弃。埃及塘角鱼却星火燎原，成为广泛推广的养殖鱼类。死猪死鸡死猫死狗都可以作为饲料，养出来的塘角鱼比手臂还粗，似乎不是你要吃它，而是它能吃你。

关于塘角鱼，我还有个小故事：不记得是一年级还是二年级了，我把《笠翁对韵》"天对地，雨对风，大陆对长空"背得上瘾，像刚学会开车时一样兴味十足，见人就缠着对方出对子。他说"石头"，我说"沙子"；他说"小孩"，我说"老太"；他说"吃了饭"，我说"劏过鸡"；他说"大姨妈"，我说"二叔公"；他说"厅屋燕子筑窦"，我说"走廊鸡嬷抱窝"；他说"别忘下雨收谷"，我说"记得出门撑遮[1]"。有一次和一个堂伯坐在石阶乘凉，我夸下海口说不管他出什么，我都能对得上。

门楼前正好蹲着一条狗，他脱口而出：狗。

我说：鱼。

他说：床底狗。

我说：塘角鱼。

他说：门前蹲着只床底狗。

我说：水里捉住条塘角鱼。

---

1 撑遮：撑伞。

这场类似杨子荣打虎上山时与座山雕的对话，让在场的人"都投来赞赏的目光"。后来读到陈寅恪一则故事：有一年清华大学新生入学考试，他出过一道对对子的题，上联叫"孙行者"，一半以上的考生交了白卷，标准答案是"祖冲之"。幸亏我不是什么名人，否则这"床底狗"对"塘角鱼"大概也忝列所谓的"名人轶事"了。

螳螂
二三事

不知道你有没有发现，凡是 20 世纪六七十年代念书的人写文章都有一个特点：喜欢使用成语。在写这些作文时，我们学了很多成语，不少都是一知半解。老师——就是我父亲——说：你们作文里都写"螳臂当车"，你们知道什么是"螳臂当车"吗？螳螂就是"马狂螂"，你们自己去捉一只"马狂螂"，看看它是怎样挡车的。

我们下课后就到竹林和草丛里捉螳螂。螳螂似乎故意与我们捉迷藏，不想捉它们的时候，随处都能见到；想捉的时候，却影子也没有一个。好在白天捉不到，晚上螳螂会自投罗网。我们在教室点煤油灯看书时，居然有螳螂"送肉上砧板"，从窗口飞到书桌上。父亲告诉我们，这叫动物的"趋光性"。

螳螂被手到擒来，我们看到螳臂其实就是螳螂的两把"大刀"，长满"锯齿"，前头像割禾的镰刀还有一个尖钩，看上去的确气势汹汹。如果从后头捏住螳螂的翅膀，那两把"大刀"就变成无用之物，只能朝前面像划水一样乱舞一气，根本碰不到你。我们不知道什么叫"历史的车轮"，但估计它连自行车的轮子也挡不住。

不过论样子，螳螂应该算是长得好看的昆虫：翠绿色的身体，翅膀很宽，一个小小的三角形脑袋，连着长脖子，胸前两把"大刀"，什么时候都显得昂首挺胸，精神抖擞。要说有什么美中不足，就是肚子太大，有点头重脚轻的感觉。不过，也只有母螳螂才有笨重的大肚子，公螳螂的身材要精悍得多。

别看母螳螂大腹便便，一副"母仪天下"的模样，却是心狠手辣，"六亲不认"。最令人恐怖的是，别的动物很少自己吃掉同类，俗话说，虎毒不食儿，但母螳螂却会"谋杀亲夫"：它与公螳螂做着"不可描述"的事情，会在最浓情蜜意的时候用"大刀"钩转公螳螂的脑袋一口咬住，嚼烂吃掉，而被咬掉脑袋的公螳螂仍旧会死死抱着母螳螂不放，一副视死如归的样子，仿佛"牡丹花下死，做鬼也风流"。真是一种不可思议的动物。

我每次捉到螳螂，最喜欢做的事就是捏住它们的翅膀，让它们面对面你砍我我砍你。但这个时候，它们却一点也没有那种自相残杀的意思，仿佛识破了我的诡计，只是装模作样比画几下，根本不会真刀实枪地干。要是把两只螳螂放在地上，它们干脆视若无睹，离得远远的，一动不动，而不会像蟋蟀那样立马扑打到一起。

童心不只是爱，似乎总有残忍的一面。遇到螳螂不愿打架，我就拧它们的脑袋。螳螂有"特异功能"，它的脖子仿佛可以打结，你将它的三角形脑袋拧转180度，也没有问题。如果你继续拧，拧，拧，一不小心把脑袋给拧断了，螳螂还依旧活着，两把"大刀"乱挥乱舞，就像神话传说中被黄帝砍掉脑袋的刑天继续挥舞着斧头。

我还记得一件与螳螂有关的最有趣的轶事：大学毕业第一年，我分配在玉林市文化馆，有一次在走廊的花盆里发现一只大螳螂，我把它捉住，送给一个同事四五岁的女儿。她开始时害怕不敢碰，我教她从背后捏住它的翅膀。她小心翼翼捏住它，一看那两把"刀子"果然砍不到自己，欢天喜地，一只手捏着螳螂，另一只手在玩具堆里乱翻一气，找到一张螳螂的图片，她把手里的螳螂摁在图片前，像是强迫它照镜子一样。小姑娘自言自语："这不是你的照片吗？"

我在一旁不禁哈哈大笑。

螳螂是如假包换的益虫，却蒙受污名。除了被嘲笑以臂挡车，还被认为愚不可及，只顾前头捕蝉，不知后头有雀。有人感叹自己像喝露水的蝉一样高洁，但把世道险恶称为"螳螂当道"，"饮露身何洁，吟风韵更长；斜阳千万树，无处避螳螂"（唐·戴叔伦）；还有人用螳螂形容贪得无厌，自取灭亡，"人心惊獬豸，雀意伺螳螂"（唐·韦庄）。

只有能文善武的心学大师王阳明与螳螂惺惺相惜。他感觉国家运数已尽，自己独力难支，感觉自己就像一只螳螂："自嗟力尽螳螂臂，此日回天在庙堂。"与他心迹相同的还有明朝的藏书家、书法家丰坊，他曾经因为父亲说错话被贬，给皇帝写信表示对父亲不以为然，落下"不孝"之名，生前放任狂诞，玩世不恭，老年贫病以死。他感慨螳螂奋臂挡车，"辙不可回躯已裂"。

在王阳明、丰坊眼里，螳臂当车与"精卫填海"无异，虽然"不自量力"，却有一种虽千万人吾往矣，明知不可为而为之的可嘉勇气，"轻生血诚良可怜"。草木昆虫，原本是无情之物，他们只不过是借物托志寓情罢了。

万丈红尘
一条蛆

一位农业大学的教授有一次考我：什么蔬菜的农药残留最严重？我想当然地认为是像"上海青"、生菜、苦麦菜之类的叶菜，她告诉我是豆角。我登时想起，小时候看到的豆角的确经常蠕动着绿色的蛆虫，虫多意味着需要多喷农药。

好像豆类都容易招虫长蛆，像黄豆、绿豆、红豆、白豆概莫能外。这些蛆来历不明。北方人形容人倒霉说"凉水塞牙"，广东人则说"盐煲生蛆"，形容一个人不走运，就像蛆一样毫无来由。古人没科学，认为腐草化萤，腐肉生蛆，蛆们都是"无"中生有。

科学的说法，蛆是昆虫生的卵变成的，像腐烂的肉上长的蛆是苍蝇生的卵，米缸里的大米爬着的黑虫子，是地里就沾了虫卵，只不过它们太小，肉眼没法看到罢了。

我祖母"定格"在我脑子里的形象，就是戴着老花眼镜，把簸箕搁在腿上，低头捡拾豆子里蠕动的蛆，丢到地上。按理说，这些吃豆子长大的蛆含有高蛋白，也许还有氨基酸什么的，从营养来说没有问题，主要是恶心。人对食物的心理感受很重要，像北海的沙虫虽然有"动物味精"之称，但因为样子像蛆，让不少人敬而远之。

人们常用"懒蛆、死蛆"来骂人。从生物学角度，骂人都是"降维攻击"，把别人从"人"里排除出去，骂一个人是"蛆"，理论上比骂他是一条狗要严重得多，毕竟狗还属于脊椎动物，骂人作蛆，不仅极端不屑，而且因为蛆经常葬身于人的鞋底，它还含有"信不信我随时弄死你"之意。

世界之大，令人厌恶的蛆，却有人用它来自况。小学四年级时我通过报纸一知半解地记住了很多诗词如"勉从虎穴暂栖身""随机应变信如神""恰如猛虎卧荒丘，潜伏爪牙忍受"等。除了这些，我印象最深的就是"尺蠖之道，以屈求伸"。

我们不懂"尺蠖"是什么。父亲说是一种蛆，在墙脚下经常能看到。于是我们特地去找尺蠖的真身。其实是很常见的一种蛆，跟火柴梗差不多大小，绛红色，爬行时身体先是拱成一个半圆，然后伸直，再拱起来。如果说毛毛虫爬行只是身体一节节伸缩，属于"碎步"，尺蠖则是"大踏步"。

蛆最多的地方是厕所，所以它有时专指粪坑里的屎蛆，因此在农村骂一个人"吃蛆"，差不多跟"吃屎"同义。农村的厕所大多数都是夯土墙，屋顶有的用瓦，有的用茅草或稻草苫成，共同点是厕所里充斥着大量屎蛆。

小时候我家有一个堪称全村最高级的厕所，双层，有点像一个阁楼，跟现在的复式房有些相似。建这么好的厕所，说明我祖父那一辈与时俱进，思想维新，目光远大。厕所的用途不外拉屎拉尿，但在哪里拉，感觉真的不一样，打个未必合适的比方，这跟吃饭是一样的道理，在哪里吃比吃什么要重要得多。

尽管我家的厕所足够高级，但粪坑里一样屎蛆密布，像针鼻一样大的屎蛆在粪水里欢乐地蹦跶，足以令有"密集恐惧症"的人休克。屎蛆就是蚊子苍蝇的幼虫，它们是鸭子最爱吃的饲料，所以经常有人偷屎蛆喂鸭。村民将屎蛆视为凛然不可侵占的财富，只有和主人打过招呼，一切才OK。在几乎一切归集体所有的年代，农民却把屎蛆当作私有财产，让人匪夷所思。

各家各户的厕所都建在离家较远处，因此偷屎蛆的事经常发生。养鸭佬在村里的厕所转悠，举着长竹竿，竹竿前头绑着用纱布做成的网兜，把屎蛆像捞鱼一样捞起来，倒进瓦钵里。鸭子们摇晃着身子，争先恐后，头也不抬"大快朵颐"——好像鸭子没有"朵颐"。你如果见过鸭子吃粪蛆，就会明白什么叫作"饕餮之徒"。

屎蛆的另一个用途是诱捕塘角鱼。在鱼塘边围一个水窝，用屎蛆做饵料，然后将一只鱼笱[1]安在那儿，口子朝着鱼塘。月明星稀，屎蛆在水窝里翻滚、游动，鱼塘的塘角鱼"大喜过望"，从鱼笱敞开的口子钻进来，以为来到了美食天堂，却不知道已经中了"埋伏"，鱼笱的倒刺让它们有来无回。《红灯记》里鸠山对李玉和说"人为财死，鸟为食亡"，其实鱼也一样。

《封神演义》里的姜太公能撒豆成兵，我没有见过撒豆成兵，但见过漫山遍野都是"松毛蛆"的情

---

1 鱼笱：竹制的捕鱼器具，口小，鱼进去出不来。

形。那年刚上初中，周末放学回家，山路两边的松树爬满松毛蛆，像蚕房一样沙沙作响，许多松毛蛆挂在光秃秃的树枝上飘来荡去，饱食思淫逸地在"荡秋千"，大量松毛蛆被踩得肠爆肚裂，路面染成青绿色，油汪汪、滑腻腻看着恶心，稍不小心就会滑倒。一些经常上山砍柴的人关节莫名其妙地肿痛，打针吃药都没有效。直到很久以后，才有一种说法，是因为皮肤沾到松毛蛆的毛，毒素侵入神经系统所致。

但松毛蛆不算最可怕的蛆，"狗毛蛆"比它还厉害，但好在不会这样暴发。乌黑的"狗毛蛆"只有小拇指大小，浑身长满毒毛，一旦被蜇了就像火烧一样又辣又痛，皮肤会泛起条状的斑疹，严重时还流脓出水。我小时候怕它甚于怕蛇，毕竟蛇不容易碰到，狗毛蛆却随处可见，一不小心就会"中锤"。

尽管松毛蛆令人害怕，却有人拿它当食物。我见过邻居老太婆吃松毛蛆。她用铁钳夹着松毛蛆伸进火里，毛一下子被燎掉，那条蛆的身体很快鼓胀，然后噗的瘪下来，发出嗞嗞的声音，奇香扑鼻。老太婆把一条烤熟的松毛蛆递给看得入神的我，我吓得连连摆手，她脸上对我露出轻蔑的笑意，自己放在嘴里，吃得津津有味。

我不敢吃松毛蛆，但吃过"木蛆"，它藏在木头里，只有将木头劈开才会发现。我们在柴堆里找那些有洞眼的木头，大人劈开木头后顺手一丢，我们就像一群小狗扑过去，把龟缩着的木蛆挖出来。木蛆颜色微黄，脑袋一左一右长着两颗锋利的牙齿，身体像莲藕一样一节一节的。被我们找到的木蛆好像知道死到临头，蜷缩着一动不动。我们将它用炭火烤熟了，比黄蜂的蛹还香。

我不知道从什么时候起人们对"蛆"觉得反感，因为并非"自古以来"就是这样。古人把酿酒时浮在酒面的膏状物叫作"浮蛆"，并不觉得美酒与"蛆"相搭有违和感。陆游、欧阳修、黄庭坚都写过关于"浮蛆"的诗："炊玉吴粳美，浮蛆社酒酿"，"瓮面浮蛆拨已香"，"户有浮蛆春盎盎，双松一路醉乡门"。
也许，一种物件"恶心"本没有理由，只是它让人恶
心罢了。

如题：

> 红尘万丈一条蛆，
> 彩蝶原来泥里居。
> 莫道蝉声高自远，
> 沉沦昔日亦何殊。

蚊声
如雷

　　据说抗日战争时日本鬼子刚进入广西就遭遇了
"下马威"：广西山高林密，他们经常被黄蜂蜇得抱
头鼠窜。他们不知道这是什么玩意，有人骗他们是广
西特有的大蚊子。这么"魁梧"的广西蚊子，把小鬼
子吓坏了，害怕还会遇到什么恶物，觉得此地不宜久
留，于是打退堂鼓撤出了广西。

　　我父亲小时候见过日本鬼子，他们从老家的村口
经过，村里男女老少都跑到山上躲藏，看到过往的鬼
子扛着枪，还有人牵着马，时间大约在日本快投降时
的 1945 年，可能早已无心恋战，所以并没有进村烧

杀掳掠，但估计他们进了村也会赶紧滚蛋，因为受不了蚊子叮咬。我们村的蚊子又多又大，特别是那种长脚大花蚊，一巴掌打下去，鲜血四溅，手掌里像盛开一朵梅花。

我老家形容蚊子多，不说"多"，说蚊子"惨"，其实"惨"的不是蚊子，是被蚊子叮的人。

蚊子这么"惨"，给生活制造了很多麻烦，特别是上厕所成了一件令人发怵的事。《水浒传》里的景阳冈只能"趁午间过冈，其余时候不许过冈"，六雷村的蚊子也是天晚了出来伤人。景阳冈可以不过，但"人有三急"，不得不硬着头皮解决问题。要是黄昏到入夜的酉戌时分（晚上五点到九点）如厕，成千上万的蚊子会像饕餮之徒恭候你的到来。你要一边"作业"，一边挥舞着巴掌，抵御着蚊子的轮番进攻，恨不得变成"千手观音"。厕所里蚊声如雷，夹杂着如厕者愤怒的诅咒和清脆的啪啪声，上厕所变成一场人蚊大战，每次歼灭的蚊子都在十位数以上，最后"余屎未尽"拉上裤子逃之夭夭，为自己在蚊口中"块肉余生"而庆幸。

我家一度养过猪，我七八岁时经常做的一件事，就是在阁楼下的猪圈熏蚊子，用晒得半干不湿的草束点一个火盆，往猪圈里扇烟。这一招蒲松龄也曾经试过，他专门写过一首《驱蚊歌》："炉中苍术杂烟荆，拉杂烘之烟飞腾。"可见烟熏是对付蚊子的主要手段。陆游对驱蚊也有自己的心得体会，说蚊子"举扇不能却，燔（fán）艾取一快"，只有烧起艾草才能一逞快意。

我家的猪圈同时也是鸡栏，小时候家里的鸡经常遭受"蚊刑"让我印象殊深。如果某一天偷懒没有熏蚊子，晚上就会听到那些鸡被蚊子叮咬的惨叫声。相比之下，猪要坚强一些，最多哼哼几声，第二天猪身上斑斑点点，惨不忍睹，村里甚至有刚出生不久的小猪被蚊子活活叮死。我脑洞大，每次听到《英雄儿女》的主题歌"烽烟滚滚……"我就想起小时候在猪圈里浓烟滚滚熏蚊子的情形。

我一直与蚊子进行着不屈不挠的斗争。傍晚喂鸡时经常心有旁骛，把食钵往鸡栏前一放，自己坐在外头的石阶，借着黯淡的光线看书。蚊子像一团乌云在头顶上盘旋，发出嗡嗡的声音。我不时用膝盖夹着书，双手合掌在空中胡乱拍打，横尸遍"掌"，但蚊子们"视死如归"，依然盘桓不去。我一边与蚊子搏斗一边看书的样子，成了六雷村刻苦学习的"榜样"，村里人常用我来勉励自己的小孩：要是你肯像阿奇那样"喂蚊子"，早就读上大学了。其实我如果意志坚强些，应该向南唐时的杨銮学习，根本不理会蚊子们："白日苍蝇满饭盘，夜间蚊子又成团。每到更深人静后，定来头上咬杨銮。"天要下雨，蚊要咬人，由它去吧！

说到与蚊子的战斗，印象最深的战场是在祖父的床上。每天晚上八九点钟，祖父坐在床边抽着水烟筒与人聊天，我端着煤油灯在蚊帐里搜索蚊子。祖父的

　　我老家形容蚊子多，不说"多"，说蚊子"惨"，其实"惨"的
不是蚊子，是被蚊子叮的人。

蚊帐颜色发黄，打着许多补丁，为蚊子们提供了埋伏的便利，但它们却躲不过我的"火眼金睛"。一经发现，我就将煤油灯的灯囱凑近，斜倾着把它兜进灯囱里，蚊子在里头乱飞乱撞，垂死挣扎，发出嘤嘤的惨叫，很快被灯芯的火苗烤煏[1]而死。

如果我是一个名人，我的这种举动，很有可能以讹传讹被当成一个孝子的善行，说我小时候每天晚上在床上为祖父捕杀蚊子什么的。我在祖父的床上捕蚊子只是觉得有趣，每天与蚊子持久战斗成为我难忘的童年乐事。

我还喜欢做另一件事：故意挽起袖子引诱蚊子。晚上在煤油灯下看书，蚊子在耳边嘤嘤乱叫，随后像美国佬的轰炸机一样扑下来，停在手臂上。它先像探雷一样踱来踱去，终于找到下嘴的地方。相信你母亲一定告诉过你，打针一点也不疼，就跟蚊子叮一样，

---

1 煏（bì）：烘干。

但如果你看着蚊子叮自己，其实也挺疼的。有时候疼痛是一种心理感受。蚊子将喙管像镐子一样，在打算下嘴的地方探几下，然后一下子刺进皮肤。蚊子干瘪的肚子像吹气一样胀大，很快就变成一个透明的红色血袋。在它吸吮得正起劲的时候，我用两个手指按在蚊子旁，用力将皮肤往两边抹，把蚊子的尖喙夹住。它意识到情况不妙，用腿撑着，扇动着翅膀，拼命要把嘴巴拔出来。做这种游戏的一个麻烦，是你无法腾出手来将它一掌拍死。

现在想想，我小时候得有多无聊才去做这样的荒唐事。读到辛弃疾的词《村居》："最喜小儿无赖，溪头卧剥莲蓬"，骤觉小孩的天性也许就是百无聊赖，他笔下的村孩是"溪头卧剥莲蓬"，我是"故意赤膊捉蚊"。

其实"以身饲蚊"真的是灭蚊的一个办法，我有个熟人是"准酒鬼"，几乎无酒不醉，无醉不欢。有一次他喝醉后躺在球场边树荫下的石凳上，精赤上身，呼呼大睡，大家四处寻寻觅觅找到他时，手电筒照到石凳上，吓了一跳：上头落满了死蚊子——也许它们没"死"，只是酒精中毒昏过去罢了。幸亏他肥胖，要不然有可能像宋代泰州那个公务员，喝醉酒后被蚊子活活咬死。[1]球场边有几棵桉树，他要是懂得扯一把树枝盖在身上，就不用这样喂蚊子了。蚊子害怕桉树的气味，我小时候试验过，从学校后山折一把桉树枝放到猪圈里，蚊子就会少很多。

生活中懂一点这类常识其实挺好，不然连爱情也会受影响。我一个朋友大学时喜欢一个外语系的女孩，学校足球场旁边有两片树林，一片紫荆树，一片桉树，他可能觉得紫荆花挺有诗意，与女方到那片紫荆树林约会，却被蚊子骚扰得不堪其苦。他是 O 型血，蚊子们把他作为集中攻击的目标。他原本还打算深化一下彼此的感情，实在受不了这种"狂轰滥炸"，待多一分钟都像煎熬，只好拉着女的逃之夭夭。

---

[1] 宋代孙升《谈圃》载："泰州西洋多蚊，使者按行，以艾烟熏之，方少退。有一厅吏醉仆，为蚊所嘬（餐）而死。"

我自己更是与蚊子"仇深似海"，有一次差点被蚊子害死。不过不是平常见到的蚊子，而是那种"墨蚊"，只有针头大小，叮人厉害得很，夏天做母亲的抱着光屁股的小孩在树荫下乘凉，小孩脸上、腿上经常被叮得像长天花一样，斑斑点点，凸起指甲盖一样大的红包，痒得哭闹不止。

　　我那次是农历七八月份，到田里拔花生，太阳烤得人像火燎过的葱苗，我爬上路边一棵枝繁叶茂的桐油树。桐油树的树形有点像宝塔，隔一截树干长一圈枝条，我坐在第三层的树杈上，心旷神怡地望着火炉似的太阳底下氤氲着一层白气的田野，悠然自得地踢打着双脚，不一会儿觉得双腿又痒又疼，发现好多墨蚊绕着腿飞。我气得低下头双手乱拍，倏地像一只柚子掉了下来。我眼睛一黑，以为自己要摔死了，却正好翻了个筋斗，屁股重重地蹾在地上，酸疼得坐在那儿半天站不起来，感觉屁股像西瓜一样摔成了两瓣。

据说世界上的公蚊子都吃素，只有母蚊子才叮人。蚊子的这种禀性太过损害母性的温柔形象。据说蚊子是"山龙婆"——一种类似于"狼外婆"的怪物——烧成灰变的。祖母讲古说"山龙婆"被打死后，人们为了斩草除根，将它烧成了灰，这时候刮来一阵风，那些灰四处飘散。童谣是这样唱的：

灰烟飞上天，变蚊子；

灰烟飞上岭，变绞芒；

灰烟飞落水，变蚂蟥；

生生死死吃人王。

燕归
何处？

　　燕子是我除了麻雀之外见得最多的鸟，记得小时候住的老屋就有四个燕子窝。我出生的六雷村龙瑞庄是一座两进青砖大屋，除了前厅、正厅，两个天井，两边还有阁楼、廊房，这座大屋是我祖父的曾祖父彩秀公建的，现在墙倾顶塌，已经看不出它的格局。但我小时候它还保留完整，气象森然。

　　老屋是我童年翻得烂熟的一本连环画，赤脚走在厅堂那种凉浸浸的感觉还恍然如昨。两个厅堂那四个燕子窝印象很深，它们像几只粗糙的瓷碗分别扣在因年代久远斑驳黯淡的墙上，看上去就像正厅和前厅墙壁上长出的两对耳朵。

老屋最多的鸟就是燕子和麻雀，一动一静。麻雀在屋顶上争吵、厮闹，经常像撒酒疯一样，翻滚着从屋顶打落到天井，羽毛纷飞。相反，燕子显得安静和懂事得多，你永远不会看到它们吵架或打架，每天从大门飞进飞出，一副家里家外忙碌的样子。

也许桂东南本身属于南方，印象中似乎从四五月份到十月都能见到燕子们的身影，只有天很冷的时候，它们才去了更温暖的海南岛或什么地方。那几个燕子窝十分粗笨。从"工艺"来说，燕子显然不是好的建筑师，它们筑的窝比我见过的所有鸟窝都要粗糙，唯一的好处是结实，因为都是用泥巴作为材料，比用草梗或树叶搭筑的要耗费更多工夫。

从小父亲教我读唐诗，"几处早莺争暖树，谁家新燕啄春泥"，燕子一生似乎除了辛勤喂养后代，就是筑全家的安乐窝，简直就是农耕社会人们的写照。

世界上都不易找到这样的好人，居然有这么好的鸟。难怪白居易看到秋天已到，燕子还在辛苦筑窝，触动心绪，感叹"不悟时节晚，徒施工用多；人间事亦尔，不独燕营巢"。

燕子是几乎唯一不被人伤害的鸟，"什么都敢吃"的广东人也没听说吃燕子。燕子不祸害庄稼，不糟蹋粮食，喜欢傍近人烟，在有人气的屋子里筑窝。人们为了方便燕子筑窝，建新屋时往往要在屋檐下或厅堂的墙上钉两根竹签，燕子"心领神会"在那儿把窝筑起来，好像把它当成主人分配给它们的一个单元。而同样近人烟的麻雀完全是"另一路鸟"，偷吃稻谷，到处拉屎，有些地方因此叫它"老家贼"。我小时候如果在屋顶瓦檐口看到一绺稻草垂下，就会欢喜莫名，知道瓦道里会有麻雀窝，找把梯子爬上去没准能掏到鸟蛋，要是晚上还能把老麻雀堵在里头。

燕子没有丝毫势利眼，十分念旧，"栖息数年情已厚，营巢争肯傍他檐"（唐·刘兼）。据说一些国家的人把狗当成家庭成员，在中国屋檐下飞来飞去的燕子也是家庭的一员，所以燕子又叫"家燕"，它们早出晚归，捉了虫子回来，喂给那些嘴巴张得跟脑袋一样大、叽叽喳喳的乳燕，就像刚出生不久的婴孩吵着要下地回来的母亲喂奶。

燕子身形漂亮，圆头，短喙，一身黑色羽毛，尾部交叉，虽然劳碌得跟农妇一样，却像穿着"礼服"的绅士。"从来赴甲第，两起一双飞"（唐·张文成），燕子出入都成双成对，旁若无人地"秀"着恩爱。印象最深是清明前后，平野漠漠，暖气微微，远处青山隐隐，一层浅水照影如镜的碧绿秧田里，燕子成双成对翻飞，不时像闪电般掠过，不时在电线上排排坐歇息，喈喈和鸣，成为人与自然和谐的一幅最美田园画。

老屋里的燕子冬去春回。"无可奈何花落去，似曾相识燕归来"，晏殊家一定也有这样的燕子窝。几年前回老家，看到青砖老屋的厅堂面目全非，安放祖宗牌位的神龛因为虫蛀腐朽欲坠，父亲几十年前所写

　　燕子身形漂亮，圆头，短喙，一身黑色羽毛，尾部交叉，虽然劳碌得跟农妇一样，却像穿着"礼服"的绅士。

的对联，红纸褪色变成了白纸，字迹还隐约可辨，一边是"宗祖高天常荫佑"，另一边是"儿孙前路日康庄"。我注意到大厅那两个燕子窝还在，但灰扑扑的，不知道有多少年没有燕子回来过了。想起小时候坐在大厅的门槛，看着燕子飞进飞出，扇动着翅膀在燕窝边喂食的情形，不禁鼻子发酸，恍然不知今夕何夕。

白居易可能是与燕子缘分最深的诗人，写过不少燕子诗。下面一首不知道你是否读过。文章一引古诗像"掉书袋"，希望你别跳过去，最好细读一遍：

梁上有双燕，翩翩雄与雌。

衔泥两椽间，一巢生四儿。

四儿日夜长，索食声孜孜。

青虫不易捕，黄口无饱期。

觜爪虽欲敝，心力不知疲。

须臾十来往，犹恐巢中饥。

辛勤三十日，母瘦雏渐肥。

喃喃教言语，一一刷毛衣。

一旦羽翼成，引上庭树枝。

举翅不回顾，随风四散飞。

雌雄空中鸣，声尽呼不归。

却入空巢里，啁啾终夜悲。

燕燕尔勿悲，尔当返自思。

思尔为雏日，高飞背母时。

当时父母念，今日尔应知。

引吭高歌的
蝉

古时候有个秀才参加科举考试，为了有个好意头，将一只知了藏在自己戴的帽子里，希望能得"头名（鸣）"。这么有创意的"高考励志文案"，比现在进孔庙烧香、在池塘里捉鲤鱼、门楣上挂粽子之类强多了，可惜他的头虽然"鸣"了，却被逐出了科场。

我念书时也曾因为知了惹过麻烦，有一次将下课时捉到的知了放在书桌的抽屉里，接下来是自习课，就算它叫出声也没关系。但人算不如天算，学生算不如老师算，数学老师忽然到教室辅导，正敲着黑板，那只知了不安分地叫起来。大家叽叽嘎嘎笑起来，教室乱成了一锅粥，老师的脸比黑板还黑，放学后我被留了堂。

留堂就是留下来训话，老师不敢体罚学生，留堂成为为数不多的惩罚手段之一，还有一招就是告诉家长。留堂的时候，那只闯祸的知了已经被老师"放生"。我一边听着老师"谆谆教诲"，一边想象那只知了在自由的天空振翅飞翔，琢磨着怎样才能把它捉回来。

大名叫"蝉"的知了在老家有一个很贴切的名字："吱喳虫"。顾名思义，它喜欢叽叽喳喳乱叫。老师有时骂那些上课乱说话的学生：你这只吱喳虫！要是知了不这么"饶舌"，估计它也不会成为我们的玩物。捉到吱喳虫后，我们就用绳子拴住它的脚，抡一个圈，它呼呼飞起来。

捉吱喳虫最好的办法是用蜘蛛网。屋檐底下的蜘蛛网比簸箕还大，闪闪发亮，它黏性很强，富有弹性。将篾条弯成圆圈，绑在长竹竿上，将蜘蛛网缠到上面。举着这支绑着蜘蛛网圆圈的竹竿，感觉就像挺着丈八蛇矛的张飞，能将停在高处的吱喳虫"挑落马下"，手到擒来。大人警告要是被蜘蛛把尿沘[1]到脸上会破相。我现在也不知道这是不是真的，反正大人经常都用破相吓唬小孩，包括不让小孩吃狗肉也这样说。

学校门前有一棵大饭甑树，三四个人才能合抱过来，天热的时候，树上经常停着像火柴盒一样大的吱喳虫，颜色酱黄，翅膀透明，都说螳螂捕蝉，我根本不相信螳螂能捕捉这么大的蝉，再说吱喳虫的身体很坚硬，像穿着一副铠甲，它捕到了也无从下嘴。饭甑树上的吱喳虫像不知疲倦的歌手一样，每天都引吭高歌，唱得坐在教室里的我们一心两用，焦急地等着有人去敲响挂在走廊的铁块。

---

1 沘（bǐ）：射。

下课钟一响，我们抄起屋角的竹竿去粘吱喳虫。一些吱喳虫十分警觉，你刚举起竹竿，它们就停住唱歌，嗖地飞走了。但大部分的吱喳虫都呆头呆脑，你的竹竿都快伸到它背后了，还在忘我地唱着歌，感觉到"大祸临头"时为时已晚。它透明的翅膀粘在蜘蛛网上，身体像发动机一样震颤着，但怎样挣扎也白搭。

动物似乎都有"吃一堑长一智"的智慧，因为经常被捉，后来饭甑树上的吱喳虫被弄怕了，纷纷停到了竹竿够不着的高枝上。它们似乎认定我们对它无可奈何，拖长声音挑衅似的唱个不停，仿佛在示威，毫不理睬我们捡石头扔它。

我们捉吱喳虫是想听它唱歌，但只有极少数吱喳虫愿意"合作"，大多数被捉住后嘴巴像上了锁，一声不吭。我们将它的翅膀扯下来，透过透明的翼片辨认课本上的字。有些知了天生不太会唱歌，记得有一种只有指甲大小，淡青色，经常停在草叶上，只会发出短促的"吱吱"声。它特别木头木脑,看到停在叶子上,你双手一扣就能将它捂在掌心里。

　　我一直不明白知了为什么叫得那么来劲,后来才知道可能是憋屈的缘故。长出翅膀之前,"蝉生"的十分之八九都生活在土里,时间之长说出来吓你一跳,少的两三年,多的六七年,据说有一种知了从产卵时算起,埋在土里达十七年。这么久闷在土里,难怪它们一辈子都叫得那么起劲,其实是不平则鸣,或者说是为重见天日欢呼。它的声音响亮而单调,小学门口的饭甑树、中学球场旁的苦楝树,此起彼伏的知了声,成为小时候夏天最深的记忆。

　　知了也是入诗最多的昆虫之一。古人不懂科学,不知道知了是靠树的汁液而活,相反认为它"餐风饮露",把它当成品行高洁的象征,因而成为获"点赞"最多的野物之一。有人听到蝉鸣感慨秋风萧瑟,"日夕凉风至,闻蝉但益悲"(唐·孟浩然);有人因为蝉声大作倍觉境界清静,"蝉噪林逾静,鸟鸣山更幽"

（南北朝·王籍）；更多的人托物言志，"六经注我"，最有名的莫过于骆宾王的"西陆蝉声唱，南冠客思侵……无人信高洁，谁为表予心"，蝉成了诗人同病相怜、惺惺相惜的知己，这自艾自怜的调调，你能想到它与"一抔之土未干，六尺之孤安在……试看今日之域中，竟是谁家之天下"的檄文，竟是出自同一个人吗？

知了是著名的"文化虫"。"蝉"谐音"禅"，传统玉制工艺品喜欢以蝉作为造型，既高洁又有禅意。因为蝉是从土里钻出来，蜕壳重生，过去人死后要在嘴里塞一只玉蝉，不让"灵魂出窍"（其他的窍当然也要塞住），脱掉皮囊重生。合浦汉文化博物馆就有一套完整的女主葬玉，除了手里握着的两只玉猪，还有九件塞住全身九窍的玉器，嘴里塞着的就是一只琀蝉。

萤火
照乡愁

托尔斯泰说，没有故乡的人都是一样的，有故乡的人各有各的乡愁。如果托尔斯泰没说过这话，那就算是我说的吧。每个人都有自己的乡愁。让人念念不忘的萤火虫，对我来说，其意义等同于夏天雨夜里的蛙声和黄昏时分屋顶缭绕的炊烟。

记忆中的萤火虫——我们小时候叫"点火虫"——总是和成熟的水稻连在一起，印象中夏秋季节才能看到它们的踪影。当田野变成一片金黄，空气中弥漫着一股夹着泥土味的香气，我们知道要开始割禾了。每到这个时候，学生都要参加生产队的劳动。劳动不是为了收割，而是为了"保持劳动人民的本色"。所以一切都是象征性的：跟着生产队社员到田里，象征性地割几把稻子，象征性地打几下谷囤，象征性地捆几把禾秆。

在象征性的劳动之外，我们"扎扎实实"做的就是玩耍，挖泥鳅黄鳝，熏老鼠洞，或者捉蚱蜢禾虾。大人割禾的时候，不时有禾虾飞起来，夹在蚱蜢中的禾虾，就像一群军机护驾的专机，扇动着翅膀，但它们最多能飞出一丈远。我们争先恐后地追过去把它捉住，然后把稻草铺在干涸的田里比赛翻"空心筋斗"。

农忙的时候白天劳动，晚上不用到学校自修，我们在晒谷场玩捉迷藏，玩腻了捉迷藏，夜色沉沉，开始捉起萤火虫。"点火虫，眼蒙蒙，飞到西，飞到东，飞上岭，飞入冲"，记得童谣就是这样唱的。没有电，黑夜里在空中飘来飘去的萤火虫成了迷人的"光"。有的萤火虫飞得像屋顶一样高，有的飞得虽然没有屋顶高，却停在离田埂很远的稻田中间。

但这难不住我们。我们在长竹竿上绑上一个纱布做的袋子，轻而易举就将飘来飘去的萤火虫"捞"进袋子里。每次读杜牧的"银烛秋光冷画屏，轻罗小扇扑流萤"，我就有一种代入感，虽然没有"银烛画屏"，我们也没有用扇子，但觉得写的就是小时候捕捉萤火虫的情形。

捉萤火虫印象最深是读小学四年级时，父亲调到外大队任教，我跟着父亲转学，平时住在学校，周末才回家。那间学校大门外有个竹林，每天晚上鬼气森森，风吹得竹子吱吱嘎嘎作响，在月亮下摇来摆去，像许多长发鬼在跳舞。学校有个刚分配来的女老师，特别怕鬼，晚上要一个女同学来陪她睡觉。那个同学简直是"羊"的化身：她的眼睛像羊一样和善，说话像羊一样轻柔，小小的脸，脑后扎两束头发，弯弯地挑着，那种发型就叫作"羊角辫"，不同于其他同学只在脑后扎一束"马尾巴"。她经常做两件事，一是从家里带红薯干给我吃，二是和我一起捉萤火虫。

学校晚自修课下得早，九点钟就结束了，我们迫

  没有电，黑夜里在空中飘来飘去的萤火虫成了迷人"光"。有的萤火虫飞得像屋顶一样高，有的飞得虽然没有屋顶高，却停在离田埂很远的稻田中间。

不及待地跑到那片竹林下面的稻田。萤火虫漫无目的地乱飞，像是在赶夜市。我们挥着纱袋在空中捞那些飘移的"火星儿"。萤火虫发光的屁股使它无所遁形，只要竹竿够得着，它们很容易落网就擒，很快就能捉几十只，装在一个大口玻璃瓶里。它们挤成一团，拖着发亮的身体，爬来爬去，捧着玻璃瓶就像捧着一个灯笼。

萤火虫像小赤豆大小，脑袋上有两根须子，我留意到发亮的并不是它的屁股，而是整个肚子。可惜它们都是短命鬼，在玻璃瓶里普遍活不过一天，相比之下，黄蜂和青油虫要命硬得多，两三天不吃不喝还能活着。这种情形让我对车胤"囊萤读书"的故事满腹狐疑。如果说"悬梁刺股"还有些可信，用萤火虫照明，得捉多少萤火虫才能看清书上的字呀！再说萤火虫天黑了才出来，晚上去捉虫，他用什么时间来读书呢？

史书说车胤为官刚正不阿，年幼时"家境贫寒，常无油点灯"，但他却是如假包换的"官二代"，曾祖父车浚当过孙吴会稽的太守，父亲车育当过吴郡的主簿，相当于现在的"政府秘书长"，他并不是《红灯记》里"穷人的孩子早当家，担水劈柴全靠她"的李铁梅。我猜没准是他淘气，将捉到的萤火虫装在袋子里玩，被先生看到，撒谎说用萤火虫照着看书。先生是个冬烘[1]，觉得其行可嘉，于是向学官汇报，将车胤树为"刻苦学习"的典型。当然这有些像"诛心之论"，车胤毕竟给萤火虫留下了一个著名典故，萤火虫因此成了名虫。

像蝉、蟋蟀一样，萤火虫也是一种充满诗意的虫子，一直是诗人"托物言志"的对象。描写萤火虫的诗很多："雾柳暗时云度月，露荷翻处水流萤，萧萧散发到天明"（宋·张元幹），"相逢秋月满，更值夜萤飞"（唐·王绩），"昼长吟罢蝉鸣树，夜深烬落萤

---

1 冬烘：糊涂懵懂；迂腐浅陋。

入帏"（宋·翁森），时序变化，秋帏人寂，萤光点点，不禁惹起千般愁绪，一腔情愫。至于像"流萤不见飞隋苑，杜宇依然叫蜀冈"（清·洪昇），"于今腐草无萤火，终古垂杨有暮鸦"（唐·李商隐），"馆娃归，吴台游鹿，铜仙去，汉苑飞萤"（元·张翥）之类，目睹昔日的豪馆名苑成了"残山剩水"，点点流萤唤起黍离之伤，流露出来的是一种"原来姹紫嫣红开遍，似这般都付与断井颓垣"（明·汤显祖）的锥心之痛。

习惯在诗里"伤今怀古"的杜牧，曾描述唐代扬州的奢华："秋风放萤苑，春草斗鸡台"，他其实是借隋炀帝来说事。隋炀帝在寻欢作乐上"创意"无穷：他曾在洛阳广征博集，弄了好几斗萤火虫，夜晚游山时放飞，岩谷上下，繁星满天，创下了历史上大规模放萤活动的纪录。

据说现在一些地方也纷纷放飞萤火虫，萤火虫更成了年轻人生日、情人节网购馈赠的礼物，价格不菲。只是不知道在一片熙攘热闹中，人们是否还能体会到昔日的乡愁，而那些"温馨、浪漫，充满童趣"的萤火虫，又能否经得起这样的折腾。

与蛇
为伍

　　我以前有位同事，有个跟江青一样的毛病：怕
蛇。据说江青很喜欢看好莱坞电影，但十分怕蛇，只
要电影里出现蛇的镜头，身边的工作人员就"奋不顾
身"地赶紧把它挡住。我那位同事怕蛇，但没有人为
她挡荧屏，要是电影、电视里出现蛇，她自己就拧转
脑袋。但有一次出了点意外，她一边吃饭，一边漫不
经心地看电视，荧屏里一条蛇突如其来张开大嘴扑过
来，她居然吓得昏倒在地。

　　人之所以怕蛇，大概是因为这种动物长相丑陋，
抓在手里湿滑冰凉，而且还有毒。虽然不是所有的蛇

都有毒，但一见到蛇都不由自主想到是毒蛇，那些无毒的蛇被毒蛇连累了，就像好人被坏人连累了，弄得大家都把陌生人当成骗子来提防。

我小时候见过各种各样的蛇，但认得的只有寥寥几种，像草花蛇、黄梢蛇、南蛇、水伏蛇、"竹叶青"、"金包铁"、"银包铁"（又叫"笪箕夹"）、"饭铲头"（吹风蛇）等几种。我始终克服不了对蛇的恐惧。与蛇"最亲密的接触"是有一次捉黄鳝，把一条水伏蛇从洞里拽出来，像抓着一柄烧红的铁钳赶紧撒手，连鱼篓也不要，连滚带爬从水田里跳到田塍上，浑身哆嗦如"筛糠"。另外还出过一次洋相：钓蛤蚂时沉甸甸的提不起来，以为钓到一只大青蛙，殊不料从草丛里拽上来的竟是一条扭动着的蛇，吓得把钓竿一扔，落荒而逃。

其实蛇应该更怕人才对。"见蛇不打三分罪"，小时候蛇跟 1958 年的麻雀一样被当作"公敌"，人们遇到蛇必欲置之死地而不会高抬贵手，它要活命只能靠自己逃得快。有人说那时候野生动物多,生态如何如何好。我觉得生态的确比现在好,毕竟没有现在这么多工厂、汽车,但野生动物多,并不是自觉保护环境的结果,而是农田还没有用太多农药和化肥。

但蛇的日子绝对不比现在好过。要是蛇会像崔永元弄一个"口述历史",那时候应该就是它们的"黑铁时代",因为没有"生物链"之类概念,加上大破"四旧",人们并不把杀生当禁忌,见蛇就打,走在路上经常见到被打死的蛇。如果有"诗蛇",相信会写出诸如"卧尸未寒血半凝,冤魂怨魄无名留"之类的诗。

那时候动物都按照"丛林法则"听天由命地活着。人们常说"蛇鼠一窝",其实"蛇有蛇路,鼠有鼠路",蛇鼠是根本不可能一窝的,蛇是老鼠的克星,蛇待的地方不会有老鼠的踪影,除非老鼠嫌命长。有意思的是老鼠怕蛇,老鼠的天敌猫更加怕蛇。我曾经目睹一只猫遇到一条蛇,吓着弓起身体,色厉内荏,然后夹着尾巴跑得无影无踪。

我上学或趁圩时经常能听到路边草丛传出一声弱似一声的惨叫，那不是一只老鼠，就是一只青蛙落入了蛇口，在垂死挣扎。声音凄厉悲惨，与其说是在求救，不如说是在控诉。只要听到过的人都会刻骨铭心，"绝望"一词会像石头一样，成为一种可以触摸得到的感觉。

蛇像老虎一样，"占山为王"的意识很强，某条蛇或某"一家"蛇一般都盘踞一个地方，给那些捉蛇人发现它们提供方便。捉蛇人几乎无一例外戴着一顶桐油竹笠，扛着一根长竹竿，腰里斜挎着一只装蛇的竹篓，有的还别着一个小布袋，里头装着盛有蛇药的小瓶子。

捉蛇人有一种特殊本领，能"无中生有"地发现蛇路，并顺着找到蛇的藏身之所，挖洞捉蛇；如果洞太深，他们也有办法：把干稻草塞进洞里点着，用竹笠往里扇浓烟，蛇就会被熏出来。有的蛇很精明，从洞里逃出来噌噌噌几下就爬上了树，但它们只是自以为逃出了生天罢了：捉蛇人用竹竿上头的铁钩，一下子就把企图逃之夭夭的蛇拽下来。

捉蛇是为了卖钱。蛇和三黄鸡、桂皮、松脂一样，属于土产，供销社的土产收购站统一按国家牌价收购，有时还配给尿素、磷肥、氨水等化肥指标。我印象很深，那时候收购站的墙上贴着简单明了的招贴画，一边画着土产的图案及数量，一边画着化肥、汽车，中间一个大等号，一目了然地告诉你用多少土货可以换回多少工业品，为社会主义建设作出贡献。

我印象中收购站门口总是摞着磨盘状的铁笼，里头装着收来的各种蛇。我趁圩时经常蹲在那里，看收购员伸手从卖蛇人布袋里把蛇掏出来，放进笼子里。他们捉蛇跟捉蛤一样，那些蛇像被催了眠，软趴趴像一根铁链一样，乖乖地从他们手里滑进铁笼里。笼里的蛇有的在睡觉，有的没有睡觉；有的游来游去，有的不游来游去，却吐出分叉的红舌头。

村人捉到蛇，等于走路捡到宝，因为蛇都是野生的。为无主的东西变成私有而感到高兴，说明"狠斗私字一闪念"真是十分必要，否则私心杂念永远也铲除不干净。如果趁圩时看到有人肩上搭着一条布袋，摸起来肉乎乎的一条，里头装的一定是蛇，要拿到收购站换钱。但并不是所有人捉到蛇都会拿去换钱，有时实在嘴馋，直接劏了吃肉。现有肉吃多了，许多人忘记了没肉吃是一件很难受的事，三月不知肉味，连孔夫子也忍受不了。

蛇成为那个没肉吃的时代最现成的牙祭。特别是捉到一条大南蛇，简直就是一场盛宴，胜过年三十晚劏鸡，虽然没有载歌载舞，但"普大喜奔"是一定的。大家见者有份地聚集在生产队部，七手八脚，把它变成一顿美餐，吃的时候觉得津津有味，吃过以后还说得津津有味。那种情形，估计跟原始社会狩猎后的情形差不多。

有些东西不能"青出蓝胜于蓝"，注定只会"一代不如一代"。与父亲小时候的顽皮相比，我逊色不少。现在的人见到蛇第一个反应是害怕，那时候的人是惊喜。父亲放牛时经常捉蛇，有毒蛇也有无毒蛇，拿到罗秀圩卖。也许蛇真的太多了，一条大概只抵现在几块钱。

捉蛇是父亲最为得意而难忘的童年往事，他说起来总是眉飞色舞，毫不讳言捉蛇时被蛇咬的糗事。有一次趁圩回来，路边的树梢盘着一条蛇，他像见到一只蛤蟆一样扑过去，被咬了一口，因为天色昏暗，搞不准是不是毒蛇，他拼命往下挤伤口，然后用衣袖扎紧手臂。好在最后什么事也没有。

从小父亲就教我分辨蛇有毒还是无毒。疼痛并不能作为判断毒蛇与无毒蛇的依据，同样是无毒蛇，被黄梢蛇咬着跟被绞芒草割破差不多，但被草花蛇咬到却很痛。而有的毒蛇，像"银包铁"，被它咬着几乎没有什么感觉。辨别有毒无毒，最直接是看牙齿印，这种辨别方法不好的是，你得先被蛇咬着才行：如果只有两排小牙印，一般不是毒蛇；要是有两个特别深的牙痕，那就得小心了。

此外，毒蛇的脑袋一般呈三角形，腮帮奇大，尾巴短而钝，但"银包铁"除外，它的脑袋像无毒蛇一样是椭圆的，尾巴细长，不过"银包铁"很好认，身上一圈白一圈黑，所以它又叫"银环蛇"；与它像同胞姐妹一样的，有一种"金包铁"，身上一圈黄一圈黑，所以又叫"金环蛇"。记得中学时语文老师借给我一本《野火春风斗古城》，里头有两姐妹，一个叫"金环"，一个叫"银环"，我一度十分疑惑，为何这样的英雄人物与毒蛇的名字一样。

我目睹过两次与"银包铁"有关的惊险事件。一次是在邻村学校球场看露天电影，放映过程中人群忽然骚动起来，我挤进凑热闹的人圈，有个人用棍子挑起一根拇指粗的"银包铁"，蛇已经被打死了。据说有人看电影时感觉脚背冰凉，有什么东西爬在上面，低头一看，魂飞魄散大喊大叫。大家都说他运气好，要是被咬到就没命了。

另一件发生在家里。那时候蛇入屋的事经常发生，比如有一天半夜，你听到抱窝的母鸡怪叫，你以为有贼，起身用手电照到偷鸡蛋的却是一条蛇；或者抱起墙角的一捆干草时，浑然不觉将一条蛇也抱了起来。有一天母亲挑水时，无意中发现水缸后面盘着一条银环蛇，它显然是从水道口钻进来的，不知道已经盘踞了多久。父亲用一把铁钳搽着它。那条蛇有一只酒杯大，奇怪的是尽管被那么用力戳着，它却一直没有张口，只是身体不停地卷曲着，甩着尾巴。要是一条"饭铲头"，早就扁起脑袋作势咬人了。我在那儿看着父亲与银环蛇搏斗，脑子里闪过祖母说的蛇仙故事，担心打死它会有很多蛇前来报仇。

那条银环蛇打死后被埋到了芭蕉树下。村里人习惯把死动物埋在果树根，据说这样一来，果树会枝繁叶茂，果实累累。它与养分无关，更像是一种神秘传说，因此死蛇可以埋，但如果是一只死猫，是不会埋在树根的。

父亲后来说，那么大一条蛇，要是用来浸药酒就好了。蛇毒能驱风祛湿，对于腰腿酸疼、四肢麻木之类痹证十分有效。为了用蛇治风湿，我还见过有人捉到一条南蛇，把它吊在高处，剪掉蛇尾，张开嘴巴让蛇血滴进嘴里。

现在被毒蛇咬常常成为新闻，说明野生的蛇的确少了，被蛇咬已经不太常见。书上说"饭铲头"有剧毒，但父亲说被这种蛇咬过的人不少，但似乎没有出过人命。最明显的就是我七叔，年轻时天不怕地不怕，见蛇像见鸟一样乱捉。有一次看到一公一母两条"饭铲头"纠缠在一起，眼也不眨把它们双双捉住，被咬了一口，怎样救治不记得了，最后并没出什么事。甚至有一种说法，被毒蛇咬了都是假死，只要沾到地气就能活转来。有个真实的故事：某村有个人被蛇咬死后，抬到山上埋了，三年后捡骨头时发现一副白森森的遗骸竟然蜷曲着，看得出曾经在棺材里死而复生，经过绝望的垂死挣扎。

　　因为"农夫与蛇"的著名寓言，蛇被当成忘恩负义的象征。我小时候经常做一个相同的梦：被一群蛇包围着，我一条条抓起它们扔出去，却无论怎么也抓不完。伯父家的屋子紧靠着一口水塘，湿气很重，厅堂的地板一年到头总是凉浸浸的，光着脚板能感觉到地气嗞嗞直冒。我想象有一天自己真的被毒蛇咬了，脸朝下趴在那间厅堂的地板上，许多人围在我身边哭泣，我悠悠然醒转过来，把他们吓了一大跳。

灶台上的
公鸡

　　我一直不知道那种经常在灶台上见到的虫子的大名，老家叫"灶公鸡"，北方一些地方叫"灶马"。据说"灶公鸡"是客家地区的叫法。我老家那一带并不是客属地区，但说起渊源不是陕西、河南就是江西，应该也与历史上的客家人大迁徙有关吧。

　　我觉得还是叫"灶公鸡"比较恰当，这种小虫子既长得不像马，叫得也不像马。长相不像，声音不像，叫"马"太过牵强，这样叫不知道是不是与什么民间传说有关。相反，它们每天一大早就在灶台上，像公鸡一样喔喔喔地叫鸣，似乎扮演着厨房里司晨的角色。

我曾经误把灶公鸡当成蟋蟀,它跟蟋蟀长得就像孪生兄弟,比孙飞虎与蒋介石还像。估计与蟋蟀属于同一个家族,但蟋蟀生活在野外,灶公鸡的"家"在厨房。小时候祖母讲过蟋蟀和灶公鸡为什么落得不同待遇的故事,好像是灶公鸡干活勤快,最后终成善果,蟋蟀练精学懒最后被逐出家门。这类民间传说都有一个亘古不变的逻辑:好心有好报,害人的都没有好结果。但故事的情节我怎么也想不起来了。

　　灶公鸡不只是勤快,还超级"懂事"。厨房里最常见的两种动物是灶公鸡和蟑螂。人们爱憎分明,讨厌蟑螂却不讨厌灶公鸡,原因是灶公鸡"行为检点",你几乎见不到它们出现在餐桌或橱柜里,不会叮食剩饭剩菜。相比之下,蟑螂简直就是个无赖,随处可见,橱柜、案板、地上、天井、厕所……四处乱爬不算,还特别没有"教养",到处拉屎。每次过年前大扫除,都能从橱柜或盛放食物的竹箩里扫出一堆让人恶心的蟑螂屎。而这么可恶的东西偏偏命硬得让人绝望，用扫把打不死，用脚踩不着，任你喷药洒粉也无法赶尽杀绝。

相比蟑螂的可恶，灶公鸡总是矜持地固守在灶台上，与世无争，不惹是生非。我怀疑它是灶王爷豢养的宠物。灶王爷既然会吃人嘴软，也一定会有一些癖好，就像京城的八旗破落子弟喜欢养鸟。但我不知道灶台到底是灶王爷的庇身之所，还是它本身就被当成了灶王爷，一如祠堂里的菩萨，到底是那些泥胎木偶，还是附在泥胎木偶上看不见的什么。神灵是最难说得清道得明的。

灶台在家家户户都有着崇高地位。因为灶王爷每年过年前要拉清单，上天向玉皇大帝报告屋主人做的坏事好事，所以大家都对它恭恭敬敬。现在看来，灶王爷不过是一个利用了"信息不对称"谋取私利的机会主义者。当然这主要不是它的错，要怪上掌三十六天罡，下辖七十二地煞，管着神仙佛圣、人间地府一切事务的玉皇大帝，居然没有意识到这种机制上的问题。不知道是否因为他要听取成千上万的灶王爷的年终报告，忙不过来。

我小时候正当大破"四旧"，对灶王爷的恭敬并没有烧香贴红纸那一套，只是厨房里有一些奇怪的规矩。农村小孩学煮饭开始，或多或少知道这些规矩，特别是家里要是有一位老人，经常耳提面命，不知不觉会把这些规矩传承下来。

在农村，六七岁的小孩会烧火煮饭十分平常。这跟聪明无关，纯粹出于需要。因为大人要出门干活，每天回到家里不用再烧火煮饭是最省心的事。亲戚朋友见到彼此的小孩，经常问的就是"识煮饭未？"如果回答是肯定的，就夸奖小孩"识事"，能帮到家里了。会烧火煮饭简直就是农村小孩的"成人礼"。

在没有电饭锅的日子，烧火用铁锅煮饭是一门技术，知道下多少米要放多少水，烧开后要掀开锅盖用筷子"通"（插）几下，再烧上几把火——烧三把容易

　　灶公鸡总是矜持地固守在灶台上，与世无争，不惹是生非。我
怀疑它是灶王爷豢养的宠物。

夹生，烧五把可能就煳了。好汉不提当年糠，许多人都有过小时候把饭烧煳或煮夹生的糗事。不过烧煳了也有办法，赶紧捡几块火炭丢在饭面上，就能把煳味去掉，当然这还取决于大人鼻子的灵敏度和对孩子的宽容度，要想神不知鬼不觉是不可能的。煮饭的最高境界是锅底煮出一层半黄未焦的饭皮，掀开盖，一股香味直冲鼻孔和天灵盖。

我六岁上学前就能"帮到家里"，关于灶台的规矩是祖母教的，但她知其然不知其所以然，讲不出道理。我有时因为点不着火，气得用烧火棍或吹火筒在灶台乱敲一气，她即刻会制止我。要是我顺手把柴刀搁在灶台上，她一定会拿下来放到墙角。至于把砧板放到灶台上切菜或剁骨头，更是让祖母不爽到要唠叨半天的事情。

说回灶公鸡的事。因为灶公鸡，有一次我极大地亵渎了灶王爷。我说过我一直误把灶公鸡当成蟋蟀，想捉两只看它们打架。但灶公鸡十分狡猾，没有人的时候，它们纷纷出动，在厨房里开 Party，唱卡拉OK，热闹非凡；但人一走近，它们就作鸟兽散。哦，它们不是鸟兽，它们"作昆虫散"，躲进灶台或烟囱的缝隙里，大概以为借助神祇的庇护能躲过一劫。

那次煮饭时，我发现灶台的砖缝里躲着一只又肥又大的灶公鸡，用一根草梗把它赶了出来，它却轻灵一跳，蹦到了烟囱上，又躲进了砖缝里。我够不着烟囱，想也不想，一下子把脚踩到灶台上，趴近烟囱用草梗探进砖缝要将它驱赶出来。

我"信脚"踏到灶台上的举动，应该是受父亲的影响。当过兵的父亲是彻底的唯物主义者，建房不择日，过节不拜神，对一切禁忌和迷信嗤之以鼻。家里有一段时间养猪，舀煮好的潲水时，他常常顺手把潲桶搁到灶台上，一步踏上去，大有一种把灶王爷踩倒在地再踏上一只脚的气势。后来看到电影里将军踏在战壕边举着望远镜观察敌情的画面，总让我不合时宜地想起父亲煮潲时的情形。

正当我聚精会神对付灶公鸡时，身后传来一声厉喝："哎哟，灶头你都敢踩！快落来！"走进厨房的祖母看到我把脚踏在灶台上，大惊失色叫起来。我很不情愿地跳下来，她痛心疾首地喋喋不休："讲你不听，不能踩灶头的，不识事！"

我后来还是逮住过两只灶公鸡。它们被我从砖缝里赶出来，像孙悟空一样跳不出如来佛的巴掌，乖乖被我抓住。灶公鸡颜色灰白，肚子很大，脑袋上有两根长长的须子，比身体要长得多。它的翅膀很短，我无端联想到晚会上的男士穿着捂不住屁股的燕尾服。我把捉到的两只"蟋蟀"放进桶里，用草梗撩拨着，但它们像被逼迫上场的两名拳手，始终不肯互相撕咬，无精打采，彼此视若无睹。

父亲走过来看到水桶里两只虫子，哈哈大笑："这个不是蟋蟀，是灶公鸡，它们怎么会打架呢！"

捉鳝记

　　黄鳝是一种被污名化的动物，关于养殖黄鳝用避孕药催肥的说法曾传得沸沸扬扬，以至于餐馆里的爆炒黄鳝让人疑窦丛生，直到现在不少人还对这个缺乏智商含量的谣言信以为真。

　　但从前的黄鳝不是这样的，那时候的黄鳝纯洁质朴，它是我童年亲切而温暖的一种回忆。农历七月的夜晚，我们点着松明火把，或者拿着电筒，挎着大口鱼篓，在收了早稻重新插上秧苗的田野里巡行，我们的目标是青蛙和黄鳝。

青蛙趴在田塍或者秧苗下，声音洪亮地大方求偶，下颌一收一缩，在手电或火光的映照下，丝毫不知死活，直到快被人伸手捉到时才意识到大难临头，扑通扎进水里。可惜这时候的田水只有一拃深，扎进的那一小片水面变得浑浊，像投下一枚指引目标的白色烟幕弹，藏身之处暴露无遗。它们就像可笑的鸵鸟，只要顺手一摸就能逮住。

黄鳝丝毫也不比青蛙聪明——小时候几乎所有的动物都显得笨头笨脑，它们在与"狡猾"的人类漫长的打交道中，变得疑神疑鬼。在某株碧绿的秧苗下，黄鳝懒洋洋地躺着，透过清澈的田水，它像一条粗大的金项链让我们欣喜若狂，急急忙忙地用夹子把它钳住。竹子做的黄鳝夹简单实用，像牙齿一样能把滑溜溜的黄鳝咬住。当然只有夜里你才会看到黄鳝在水田睡觉，白天它们都躲在泥巴下面，只能看到黄鳝洞。

水田里的黄鳝洞一眼就能看出来，它们一般都傍着田塍。直到现在，只要走在两边田水清澈的田塍，我还会不由自主地寻找有没有黄鳝洞,猜测里头黄鳝的大小。这是一门无师自通的本领。每条盘踞的黄鳝一般有两个洞眼,相隔三四尺远,在薄薄的田水里,它就像两个迷人的肚脐眼,告诉你里头躲着大概多大的一条黄鳝。如果你顺着其中一个洞眼慢慢地用手指探进去,你很快会看到,一截黄色的尾巴让你激动万分地从另一个洞眼伸出。感到威胁来临的黄鳝要逃之夭夭,却不知道已是"在劫难逃"。

当然这是很少出现的情况。更多的情形是,你远远看到水田里的黄鳝洞眼,走近时其中一只突然凹下去,那是黄鳝把身子缩下去准备逃走的信号。不过你不用担心,它并没有真的逃走,只是给你逮住它制造了一些麻烦罢了。你只要在离两个洞眼稍远一些的地方,用泥巴与田埂围成一个半圆,然后用手舀干里头的水,一圈一圈地往里挖进去,当包围圈缩小到只剩下一小块泥巴时,你把它一下子扒开,会看到一条黄鳝蜷缩在里头,连声求饶:"别抓我,别抓我!你再抓……我就不跑了。"你气咻咻地一把将它连泥攥住："叫你不要跑你不听，我看你往哪里逃！"

这样的对话是经常发生的。每个人的童年都与生俱来拥有与万物对话的本领，能看得懂鸡鸭猫狗的眼神，能洞察鸟兽鱼虫的表情。

捉黄鳝更像一种有趣的游戏。它们像人一样，智商有高有低。有些黄鳝很精明，会像诸葛亮一样施"空城计"，你往里缩小包围圈，两个洞眼没有丝毫的动静，你以为黄鳝可能还在睡觉，但挖到最后连一根黄鳝毛也看不到。哦，黄鳝是没有毛的！

当然，也有的黄鳝很笨，你慢条斯理地用手把水一下一下舀干，快挖到洞眼旁，它才突然间陷下去，但剩下的泥巴已经藏不住它，黄鳝在惊慌逃窜中不时露出黄色的身体，神龙一样见首不见尾，让你兴奋不已。

我们在田里捉到的黄鳝一般只有手指大小，只有水塘里才会有大黄鳝。每年农历七月十四或者过年放干塘水捉鱼的时候，有时候会从塘边的木头护栏或者石头里捉到茶杯大小的黄鳝。这种情形让人"悲喜交加"，捉到这么大的黄鳝，人们奔走相告，兴奋不已，但兴奋之余，一些老人会忐忑不安——"树老成精，鱼老变怪"，不同寻常的大鱼来历不明，人们害怕会惹来什么灾祸。

还是说回田里捉黄鳝的事。如果田里的水太深，你根本无法用泥巴把洞眼围起来，只能望洞兴叹。当然要是有我七叔那样的本领，也一样能将黄鳝手到擒来。七叔捉黄鳝从来不用"繁文缛节"砌什么包围圈，他都是直接用双手分头从两个洞眼探下去，哪怕水深没膝，不一会就会像变魔术一样掏出一条黄鳝来。黄鳝滑溜溜的，抓到手里还经常滑脱逃掉，但七叔的手仿佛长着刺，用食指与中指一夹，黄鳝就像粘在他手上。他还有一个绝技，从田埂上走过，两边的水田照影如镜，他忽然间用脚使劲跺几下，一条黄鳝像听到命令一样，从水里呼地窜出，被他俯下身子一把夹住。

黄鳝不仅是个"和平主义者"，也是一个"逃跑主义者"，被抓住后从来不咬人，虽然它也有牙齿。捉黄鳝的利器是蕨车草梗，它漫山遍野，俯拾皆是，用蕨车草梗从黄鳝的鳃部穿过嘴巴，草梗的权将它牢牢卡住，黄鳝只会徒劳地纠缠在一起。我用草梗给黄鳝穿鳃时曾清楚地看到它有两排细细的牙齿。农历四五月插秧耘田的季节，你常常会看到一幅独特的图景：傍晚时分从田头回来的村民，有人提溜着用蕨车草梗串着的一串黄鳝，黄鳝们缠在一起，像一条粗大灰黄的辫子，让人馋涎欲滴。

黄鳝除了躲在暗无天日的泥巴下面，也经常藏在田塍现成的洞穴里。炎炎夏日，田水晒得发烫，那些洞穴成为青蛙、黄鳝、螃蟹、泥鳅、塘角鱼、菩萨鱼、白饭鱼儿纳凉的天堂，把手伸进去，常常有惊喜莫名的收获，比如捉到一只大青蛙，或一条三四个手指大的塘角鱼。如果挖黄鳝时没有发现黄鳝的踪影，傍着的田塍恰好有一个洞，它十有八九是躲进了里头，你成竹在胸地把手伸进去，洞中捉鳝像瓮中捉鳖一样十拿九稳。

我一直记得那次捉黄鳝的情形。我在田埂上巡行，透过清澈的水面，发现两个比脚拇指还粗的洞眼，我知道有一条大黄鳝藏在下面。我跳下水田，照例用泥巴砌起包围圈，舀干水，慢慢挖进去，挖开最后一块泥巴，黄鳝无影无踪。

我看到田塍原来水浸着的地方有一个洞，不假思索地把手伸进去，碰到软绵绵的一团。我把它紧紧攥住拽出来，猛然间感觉不对头，黄鳝应该是滑溜溜的，而我抓住的这一条手感又粗又涩。把它拽到洞口时，我一眼看到它身上红色的斑痕，吓得一下子把手松开，连鱼篓也不捡，连滚带爬从水田里爬上田塍，站在那儿浑身酥软，看着松手时那个物件掉到水里的地方，身子像筛糠一样抖个不停。

被我死死攥住从洞里拽出来的，是一条近两尺长的水伏蛇。它吐着信子，扭动着在水面滑行了一阵，没入了水里。

其实也怪我学艺不精。村里人后来跟我说，水田里的洞眼虽然表面上差不多，但蛇洞水清，洞口又大又粗糙；黄鳝洞水浊，洞口狭窄而光滑。有经验的人一眼就能看出来。